LES ASSIETTES CASSÉES

Émilie RIGER

LES ASSIETTES CASSÉES

© Couverture : Ergé (photo et conception).

©2019 Emilie Riger

Edition : BoD – Books on Demand
12/14 rond-point des Champs Elysées, 75008 Paris
Impression : BoD – Books on Demand, Norderstedt, Allemagne
ISBN : 978 – 2 – 322 – 205 - 738
Dépôt légal : février 2020

*Si la matière grise avait plus de rose,
le monde aurait moins d'idées noires.*
                                Pierre Dac

1.

Madame,

Bien que je sois un parfait inconnu, je me décide enfin, en tremblant, à vous écrire. Tremblant, mais tellement fatigué de vivre sous vos yeux sans jamais pouvoir échanger un mot.

Depuis une année entière maintenant, mes journées se déroulent devant vous, heure après heure. Peut-être les trouvez-vous ennuyeuses : vous me regardez parfois, il me semble, avec agacement. Vous ne dites rien, ne faites pas le moindre bruit. Pourtant, vous prenez davantage de place dans mes pensées que les êtres qui me cernent et envahissent mon quotidien.

Au début, il s'agissait d'une contemplation purement esthétique et bien inoffensive. L'ovale de votre visage. Les boucles de cheveux voletant sur vos tempes. La façon dont la lumière s'étoile sur vos iris avant de glisser sur vos pommettes. Votre main cachée dans le cou. La ligne de vos épaules. Mais je m'égare.

Les premiers jours, vous étiez accrochée dans mon salon, sur le grand mur blanc qui forme un angle avec la baie vitrée. À la place d'honneur, pourrait-on dire. Le soir, je m'installais tranquillement sur le canapé, et mon regard errait librement entre le jardin et vous. Fasciné, je me perdais dans votre visage comme on s'abandonne à la contemplation d'un aquarium ou d'un feu de cheminée. L'expérience avait quelque chose d'hypnotique.

Mon entourage n'a rien compris à cet engouement. Leurs moqueries et leurs commentaires ont perturbé ma sérénité et brouillé mes ressentis : j'ai vite perdu patience. Alors je vous ai déplacée, et depuis vous êtes installée dans mon bureau. Dans mon antre, devrais-je dire, puisque je suis le seul à avoir le droit d'en franchir le seuil.

Je me sens parfois un peu coupable de vous avoir ainsi privée de distraction. Mais dans ce refuge, je peux vous contempler en paix, et nous passons de longues heures les yeux dans les yeux. Ce dialogue silencieux m'a comblé pendant des mois ; ce n'est plus le cas à présent.

J'aimerais connaître le son de votre voix, celui de votre rire. Découvrir toutes vos coiffures et savoir, enfin, si vos cheveux une fois détachés sont aussi longs que je l'imagine. Vos mains s'envolentelles quand vous parlez, ou restent-elles sagement posées sur vos genoux ? Vous arrive-t-il de pleurer, ou déguisez-vous toujours vos pensées à l'ombre de vos cils ? Certains jours, je soupçonne de la peur face à ce qui vous attend. D'autres, je suis au contraire persuadé que vous ne redoutez rien et savez toujours de quelle façon agir et réagir. Vous paraissez à la fois si vulnérable et si forte.

Tout ce que j'ai pu rêver, dans vos yeux ! J'aimerais tant pouvoir vous connaître dans la vie réelle, au lieu de m'écorcher sur mes chimères. Voudrez-vous me répondre ? Aurai-je enfin la joie de vous entendre ?

Dans l'attente impatiente de vous lire,
Nathan Miller

2.

Monsieur Miller,

J'ai longuement hésité à vous écrire, tant votre lettre s'avère étrange. Je ne savais trop quelle réponse lui donner, ni d'ailleurs s'il fallait en faire une.

Je ne parviens pas à déterminer si votre irruption dans ma vie est menaçante, ou merveilleusement poétique, car même si vos mots sont très beaux, je ne suis pas sûre de comprendre à qui ils s'adressent. Ni ce que vous attendez en retour.

Je suis certes un peu farfelue, cela dit mes excentricités doivent avoir un sens, sinon elles n'ont aucune raison d'exister et de rompre l'ordre établi.

Alors qu'aviez-vous en tête en m'écrivant ? Et à qui parlez-vous ?

Rose Tassier

3.

Madame,

Je me sens tout bête. Je n'avais rien de précis en tête. Je ne sais pas non plus à qui je m'adresse.

Je m'estime d'ordinaire raisonnable et posé. Pourtant me voilà impuissant à expliquer pourquoi, un jour, j'ai eu cette pulsion incontrôlable de vous écrire. Mais j'ai lutté longtemps avant de m'abandonner, je vous le promets.

Ma lettre n'a effectivement aucun sens, je comprends un peu tard tout le ridicule de ma démarche et ce qu'elle peut présenter d'inquiétant à vos yeux. Vos yeux, justement, sont peut-être ma seule défense. J'aime votre regard, ce qu'il exprime et ce qu'il cache. Finalement, si je réfléchis, ce qui me touche quand je vous contemple, ce sont mes pensées, mes rêveries : j'en suis seul responsable.

Je vous présente mes excuses pour vous avoir importunée avec cette excentricité incapable de se justifier, en dehors de l'élan qui me pousse vers vous sans que je puisse le retenir. L'instinct peut-être ? Mais ce qu'il dissimule, je l'ignore.

Encore pardon de vous avoir perturbée.

Respectueusement,
Nathan Miller

4.

Monsieur Miller,

Ne rentrez donc pas dans votre coquille si vite, vous n'êtes pas un escargot que je sache. L'instinct est un excellent guide, même si nous ignorons la plupart du temps quel chemin il tente d'ébaucher sous nos pas. Par curiosité, je serais tentée d'aller un peu plus loin, histoire de voir ce que cette « pulsion » cache. En écartant le côté inquiétant de votre apparition, je dois avouer (j'assume la contradiction) mon plaisir à vous lire ! Le choix de ces mots tracés à l'encre sur du papier épais, à l'heure du téléphone et d'Internet, c'est... délicieusement désuet. On se croirait dans un roman de Jane Austen.

Je reconnais toutefois avoir éprouvé une sacrée frayeur. J'ai cru à un voisin m'espionnant constamment derrière ses rideaux, quelle horreur ! Il m'a fallu arriver au moment de votre lettre où je me retrouve accrochée dans votre salon pour me rappeler cette vieille photo.

Mon Dieu, mais quel âge avez-vous ? Ce portrait date de presque trente ans ! L'ovale de mon visage s'est effondré (ces pots de crème vendus une fortune aux femmes n'ont aucun effet, ils débordent d'illusions !). La lumière ne glisse plus sur mes pommettes, elle s'accroche à toutes ces rides. Et la ligne de mes épaules ! Personne ne m'en a parlé depuis des siècles. Cette ligne s'affaissant comme le reste, j'aime autant ne plus évoquer le sujet. Cela dit... Cela dit, mes cheveux bouclent toujours.

Pardonnez la répétition, mais enfin, quel âge avez-vous pour passer des heures plongé dans la contemplation d'une photo ? Vous n'avez rien d'autre à faire ? C'est peut-être là qu'il faut chercher l'origine de cette pulsion, pas chez moi. Quant au dialogue, oubliez ! Enfermée depuis un an sans voir personne (sauf vous), c'est tout net : soit j'ai sombré dans une folie proche d'un état catatonique, soit je suis terriblement en colère et... je boude (d'habitude quand je suis en colère, je casse de la vaisselle ; là, bien sûr, je ne peux pas). Dans tous les cas, vous êtes en plein monologue, alors oubliez ça et sortez prendre l'air. Vous pouvez aussi me changer de paysage, je ne serais pas contre. Mais n'allez pas vous promener dans les rues avec moi sur le dos. La photo originale est, si je me souviens bien, d'un assez grand format – vous risqueriez d'attirer quelques regards.

Clarifions les choses : la jeune femme devant laquelle vous rêvassez n'existe plus. Vous vous adressez à une inconnue détachée de cette esquisse par trente années d'expérience.

Pourtant votre lettre a fait revivre tant de souvenirs... Le jour où Philippe a pris cette photo, j'étais en train de surveiller mes enfants jouant sur la plage, mes yeux étaient fixés sur eux, quoiqu'un peu distraitement je l'avoue. Une mère ne fait jamais *que* surveiller ses enfants. Je devais être perdue dans mes pensées, j'imagine, comme je le suis toujours. Voilà au moins une chose immuable. C'est peut-être cela « l'ombre de mes cils » (quel poète vous êtes !), ces mille et une pensées nous agitant sans repos quand aucune idée précise ne nous tient concentrés.

À mon âge, quantité de choses m'ont effrayée. Mais s'il y a bien une leçon gravée avec le temps, c'est l'absence de choix. Apeurés ou courageux, volontaires ou à reculons, les événements nous arrivent, il faut bien faire avec. Notre seule liberté réside dans notre façon de réagir. On dit souvent : ce qui ne détruit pas rend plus fort. En oubliant de préciser combien cela use aussi, parfois. Je crois donc être comme tout un chacun, à la fois vulnérable et forte.

Dans tous les cas, je vous remercie très sincèrement, et j'en suis la première surprise, du plaisir né de votre excentricité. Votre lettre m'a rappelé des moments très doux de ma vie. Le talent de Philippe continue d'émouvoir, c'est une belle chose. N'est-ce pas la marque d'une véritable œuvre d'art, cette dimension atemporelle ?

J'espère avoir répondu à votre attente, mais de grâce, remuez-vous et ne restez pas planté devant cette photo toute la sainte journée ! Le temps passe si vite et il y a tant de choses à vivre... Je m'en voudrais de vous avoir retenu prisonnier entre quatre murs. Gardez-moi un petit regard par jour, cela me suffira amplement. Et sortez vivre votre vie, je vous en prie, il résonne dans certains de vos mots une telle solitude.

Amicalement,
Rose Tassier

PS : À l'époque, mes cheveux tombaient jusqu'aux fesses. Maintenant, je suis à peine plus raisonnable, sauf qu'ils sont blancs comme neige !

5.

Chère Rose,

Me permettez-vous de vous appeler Rose ? « Madame » allait bien avec ma méditation fantaisiste ; il me paraît trop distant depuis le début de nos échanges, c'est absurde. Votre si charmant prénom m'empêchera peut-être de rester enfermé dans mon rêve en vous donnant une existence concrète. Dans ma première lettre, je crois avoir écrit à cette photo hypnotisante, autre façon de dire que je ne m'adressais à personne, puisque tant de temps a passé. Et je n'ai jamais entendu parler d'une photo prenant la plume pour répondre à un admirateur ! Je jetais une bouteille à la mer en quelque sorte. En me répondant, vous devenez une personne réelle.

Je m'empresse de vous éclairer : j'ai 35 ans. Le jour où cette photo a été prise, j'aurais aussi bien pu être le gosse qui faisait des pâtés de sable à côté de vos enfants. Enfin, nous sommes à peu près du même âge j'imagine. Je me trompe ?

J'ai satisfait à votre demande. Vous trônez maintenant dans le jardin d'hiver. J'installerai des stores pour vous préserver du soleil d'été. Ainsi, vous pourrez jouir de la vue sur les arbres, magnifiques en cette saison. D'ailleurs, ce coin de verdure est mon espace préféré. La maison ressemble un peu trop à un magazine de décoration à mon goût, mais ce n'est pas si important : mon bureau est confortable. Sauf cette lacune toute récente : vous n'y êtes plus.

Au passage, je prenais soin de vous. À défaut de voir du monde, j'ai soigné vos oreilles avec beaucoup de diversité. Nous avons passé des heures à écouter de la musique, d'aujourd'hui ou d'hier (ne connaissant pas vos goûts, j'ai imposé les miens, nous fonctionnons un peu comme une monarchie). Ces derniers mois, quand je m'absentais plusieurs jours, je vous laissais en compagnie de Tchaïkovski : en boucle pendant une semaine, on ne s'en lasse pas, n'est-ce pas ? C'est d'ailleurs une des raisons qui m'a décidé à vous écrire : j'en étais au point où je fermais mon bureau à clé en partant, pour m'assurer que personne n'éteigne en mon absence ! Quand on met de la musique de peur de laisser une photo toute seule, il est temps d'agir, non ?

Dites-moi donc quelles sont les mille et une pensées qui agitent une mère apparemment absorbée dans la contemplation de ses enfants ? Moi aussi j'ai tendance à me perdre dans mes rêveries, comme vous avez pu le voir – cela m'est plus un plaisir qu'une gêne.

Me dire légèrement solitaire est un euphémisme, et cela ne va pas en s'arrangeant ; plus le temps passe, et plus je suis convaincu que nous le sommes tous, au fond. Une compagne partage ma vie depuis quelques années. J'ai des amis, dont quelques-uns sont sincères. Une famille qui se réunit régulièrement sans qu'il y ait d'esclandre autour de la table. Et une foule de connaissances gravitant autour de ça.

Vous êtes presque vexante, savez-vous ? Je ne reste pas « planté toute la sainte journée » devant votre portrait. Je le regarde pendant de longues heures *et en même temps* j'accomplis plein de choses. Je lis. Je réfléchis. J'écoute de la musique. Je rêve. Et suite à votre déménagement, je bronze.

C'est étrange, vous parlez seulement du talent de Philippe, comme si vous étiez étrangère à cette photo. Peu de temps avant sa mort, il m'a révélé votre nom et brièvement parlé de votre rencontre. Vous avez accepté sans problème d'abandonner vos droits sur votre image et refusé d'être payée.

Quelques mois après, lorsque Philippe est devenu célèbre grâce à vous, quand votre photo a fait la une des magazines, vous n'avez accepté qu'à contrecœur l'argent qu'il vous avait envoyé. Quelle étrange femme vous faites ! Sans vous, il n'y aurait pas eu d'œuvre d'art.

Qu'est-il arrivé à la jeune femme de la photo pour qu'elle parle d'usure ? La vie a-t-elle été si dure avec vous ? L'est-elle encore aujourd'hui, ou bien avez-vous trouvé le bonheur ? Surveillez-vous toujours les jeux de vos enfants avec mille et une pensées en tête ? Non, je plaisante. Je sais, le temps a passé en dehors de mon cadre noir et blanc. Peut-être surveillez-vous vos petits-enfants maintenant ?

Vous, d'ailleurs, que faites-vous de vos journées ?

Répondez-moi encore, s'il vous plaît. Pendant que je vous lis, au moins, je ne reste pas « planté là ». Et comme je m'installe sur le banc au fond du jardin pour savourer vos lettres, vous me libérez ainsi du charme qui me retient « prisonnier entre quatre murs ».

Nathan Miller

PS : Avez-vous idée de ma joie en apprenant l'ampleur princière (n'ayons pas peur des mots) de vos cheveux ?

Toutes les femmes autour de moi se coupent les cheveux de plus en plus courts au fil des années. Pourquoi diable les femmes font-elles ça ?

6.

Cher Nathan,

Cette avalanche de questions dans votre lettre ! Par quel bout prendre ma réponse ? Il me faudrait dresser une liste, mais heureusement, j'ai passé l'âge de ce genre de tortures (sauf les courses et la paperasse, parce que ça ne m'intéresse pas). Les rides donnent le privilège de laisser flotter pensées et idées à leur gré, sans plus chercher à les discipliner.

À mon tour d'être curieuse : vous ne travaillez donc jamais ? La façon dont vous décrivez votre vie me fait penser à celle d'un jeune retraité oisif. À 35 ans ? Vous avez braqué une banque sans vous faire attraper ou quoi ?

Je suis très heureuse de mon déménagement et un peu triste d'apprendre la mort de Philippe, nous nous étions perdus de vue depuis des années. Je ne suis pas étrange, quelle idée, je suis simplement logique. Si chacun s'acharnait à protéger son image, combien d'artistes seraient privés de création ? Allons donc, je ne suis pas la tour Eiffel pour contraindre un photographe à me demander mon autorisation !

Quant à cette histoire d'argent, je n'estimais pas le mériter. La dimension artistique de la photo vient du talent de Philippe, je me suis contentée d'être une jeune maman surveillant ses enfants sur la plage. J'ai eu de la chance, il a appliqué son talent à mon visage. Il l'aurait tout aussi bien fait avec une fleur ou un caillou. L'essence d'une œuvre, ce n'est pas l'objet montré, mais le regard porté dessus par l'artiste. Sinon, les pommes et les oranges de Cézanne ne seraient pas au musée d'Orsay, ni l'urinoir de Duchamp à Pompidou. J'ai été largement récompensée de ma participation : Philippe nous a donné un grand tirage qui reste accroché dans notre chambre : mon mari voulait s'éveiller et s'endormir devant. Et puis Philippe nous a également offert des portraits des garçons absolument superbes (les portraits, nos enfants aussi, bien sûr !). J'aurais aimé pouvoir rester cohérente avec moi-même jusqu'au bout mais, quand Philippe m'a envoyé ce chèque, j'ai dû renoncer à mes principes. Mon mari venait de mourir, je me retrouvais seule pour élever trois enfants. Je n'ai pas eu le luxe de refuser.

L'évènement qui m'a le plus durement abrasé le cœur fut la mort de mon mari. Quand on a la chance de rencontrer cette « moitié » dont parlent les livres et les films, comment supporter cet arrachement ? Son absence est une blessure dont on ne guérit jamais vraiment. On apprend seulement à vivre avec. Il y a les jours faciles, et les autres... insoutenables. Puis j'ai vécu, simplement. J'ai eu ma part de rires et de larmes, de rêves réalisés et de regrets infinis, de courage et de faiblesse.

Ces années m'ont un peu patinée, il faut bien l'avouer. J'ai quelques kilomètres au compteur, pourrait-on dire. J'ai pu changer certaines pièces, la plupart s'obstinent aujourd'hui à grincer, couiner et protester. En attendant, la voiture roule, alors j'aime autant me concentrer sur le paysage.

Au fait, avant d'oublier... Vous ne prenez pas le soleil derrière des vitres, durant ces longues heures dilapidées à me regarder ? Les fenêtres laissent passer les rayons UVB, vous bronzez, certes, essayez de ne pas en abuser. En revanche, elles bloquent les rayons UVA, les « bons », à l'origine de la fabrication de la vitamine D. Vous avez les inconvénients sans les avantages. Mais je vous ai percé à jour : vous parlez de vos lectures sur le banc du jardin uniquement pour me convaincre d'écrire des lettres sans fin !

Dites, c'est une idée ou vous n'avez pas l'air vraiment emballé par votre « compagne » ? Vous ne débordez pas de romantisme en parlant d'elle, vous qui décrivez une photo avec de si jolies formules ! Et puis bon, j'ai passé l'âge de prendre des gants : ces gens qui vous « cernent », compagne, amis, famille et tutti quanti ont surtout l'air de vous ennuyer. Et quel cynisme ! « Quelques amis dont certains sont sincères » ? La belle affaire ! S'ils ne le sont pas, en quoi méritent-ils votre affection ? Vous savez, les plus terribles disputes ont explosé avec mes amis. Je suis un peu pétardière et, malgré mon âge, difficile de me corriger !

Je m'interroge sur un autre point : pourquoi un homme de 35 ans ayant une compagne depuis plusieurs années n'a-t-il pas d'enfants ? Ce n'est évidemment pas une obligation, toutefois est-ce un choix de votre part, ou une blessure ?

Je dois vous laisser là, de nombreuses taches m'attendent.

Rose

PS : Nos post-scriptum sont-ils condamnés à être de type capillaire ? Les cheveux sont pour les femmes un instrument de séduction. Quand elles se marient et vieillissent, cette donnée perd progressivement de son importance. De plus, avez-vous une idée des soins demandés, que dis-je, exigés par des cheveux longs ? Si vous saviez le temps passé à entretenir les miens ! N'est-ce pas délicieusement frivole ?

PS 2 : Si j'ai oublié certaines de vos questions, j'en suis désolée. Vous les remettrez dans votre prochaine lettre, là, je dois vraiment y aller. Ah si... pourquoi ne changez-vous pas la décoration de votre maison, si elle ne vous plaît pas ?

7.

Chère Rose,

Je vous jure solennellement n'avoir braqué aucune banque (ou petite grand-mère !), ni rien commis d'illégal. J'ai hérité de mon père une modeste affaire familiale ; je l'ai développée avant de la revendre. Aujourd'hui, mon travail consiste à gérer mes avoirs, cela m'occupe une poignée d'heures par jour.

Je vais vous donner du fil à retordre dans votre prochaine lettre : vous avez laissé des questions sans réponse, et en avez fait éclore d'autres. Je vais tenter d'être un peu ordonné, que vous n'ayez pas de plan à établir !

D'abord, les questions oubliées.

1/ Quelles sont les mille et une pensées envahissant une mère lorsqu'elle regarde ses enfants ?

2/ De quoi sont faites vos journées ?

Ensuite, les nouvelles qui jaillissent en vous lisant.

3/ Quand votre mari est-il mort ? Je ne suis pas sûr de vouloir ressentir un tel amour, s'il met à la merci d'une souffrance sans fin malgré le passage du temps. N'avez-vous rencontré aucun homme en mesure de soulager votre douleur ? Était-il si extraordinaire ?

4/ Que sont devenus vos enfants ? Sont-ils présents dans votre vie ? Cela a-t-il été dur de les élever seule ? Philippe m'a montré leurs photos, ils ont hérité de votre charme ! Des années plus tard, il gardait encore le portrait de l'aîné accroché dans son bureau. Ces photos n'ont jamais été publiées, n'est-ce pas ?

5/ Quels rêves avez-vous réalisés ? Quels sont vos regrets ? « Infinis », c'est extrême. Sont-ils terribles à ce point ?

6/ Si c'est une telle charge, pourquoi avoir gardé vos cheveux longs ? (Quoique j'en sois très heureux).

À mon tour de vous répondre. Le temps s'est adouci, j'ai donc suivi vos conseils (encore une fois) et ouvert en grand les fenêtres. D'ici peu, je m'installerai directement à la table du jardin pour vous écrire. Voyez comme je suis docile, quand vous me soupçonnez de comploter à rallonger vos lettres !

La dernière m'a fait réfléchir, beaucoup. Après cette introspection, je vous dois un aveu : vous avez raison. Les gens qui m'entourent m'ennuient. J'ai plus ou moins perdu de vue mes amis d'enfance ou de jeunesse. Peut-être est-il impossible de créer une nouvelle amitié à partir d'un certain âge, sans les racines d'une époque insouciante ?

Ma famille est très respectable, les discussions toujours de bon ton. Mais chacun n'en pense pas moins ; notre complicité n'y a pas survécu, nos silences plombés le prouvent.

Quant à ma compagne... S'il y a eu de la passion au début, cela fait longtemps qu'elle s'est éteinte. C'est une très belle femme, cultivée, sachant parfaitement tenir une maison et recevoir. Elle passe un temps fou avec ses amies, occupées à des « trucs de bonnes femmes » (pardonnez l'expression, je me sens auprès d'elles comme un extra-terrestre sur le seuil d'un monde dont il ignore les codes et les significations). Elle participe à des organisations caritatives et prend par ailleurs grand soin d'elle. Au passage, elle surveille ma ligne afin de s'assurer que le « retraité oisif » ne devienne pas bedonnant. Comme vous avez dû le deviner, elle s'occupe de l'aménagement intérieur (sauf mon bureau), avec les bons soins d'un décorateur hors de prix.

Elle a grimacé en vous voyant réapparaître (et le décorateur avec). Il m'a fallu défendre âprement le droit d'une photo à se morfondre et à vouloir changer d'air ; elle a haussé les épaules d'exaspération. Mes « lubies », comme elle les appelle, l'insupportent profondément. Cela doit faire un peu désordre dans sa carte postale. Qu'importe, les murs ne m'intéressent pas, je la laisse régner sur son domaine. En revanche, je suis intraitable avec le jardin ! J'ai joyeusement saccagé les belles allées rectilignes et les massifs bien ordonnés imposés par son paysagiste. À la place, je préfère un désordre savamment entretenu (des heures de travail chaque jour, du printemps à l'automne). Encore une de mes lubies !

Ne pas avoir d'enfant... Non, ce n'est pas une blessure. Quand j'étais plus jeune, j'en voulais une ribambelle. Le temps a passé et cela ne s'est pas fait. Elle n'y tient pas vraiment. Sûrement un peu trop « lubiesque » à son goût, un enfant. Et puis, à mon avis, elle a peur d'abîmer son corps, magnifique il est vrai, avec une grossesse.

Mon Dieu, je me relis et je trouve cette lettre d'une tristesse épouvantable. Et ces questions numérotées, quelle étroitesse d'esprit, oubliez-les vite ! C'est peut-être à cause de cette lumière de fin d'après-midi, elle me rend mélancolique et assombrit mes idées. Ou le froid qui descend et me force à fermer les fenêtres.

Répondez-moi vite, Rose, vos lettres sont si pleines de vie, si spontanées. Elles m'apportent aujourd'hui davantage de plaisir encore que la contemplation de votre photo, à laquelle je m'adonne toujours, je l'avoue.

C'était peut-être ça, cette pulsion. Le besoin irrépressible de réapprendre à respirer.

Affectueusement,
Nathan

8.

Nathan,

Vous voulez donc vous débarrasser de moi, avec tout ce travail ? Je n'ai plus 35 ans moi, mais presque le double (à quelques semaines près, je chipote).

Puisque, comme le vous dites vous-même, vous avez eu l'étroitesse d'esprit de m'imposer un plan pour enfermer mes pensées, je vais le suivre. La prochaine fois, vous allez m'envoyer une liste de questions avec des cases à cocher, ça ne va pas louper.

J'accepte donc de vous répondre, mais pour une seule raison : vous m'avez fait un très beau cadeau. J'adore écouter de la musique, très rarement du classique. Pour une raison ou une autre, je ne m'y suis jamais vraiment intéressée. Quand vous m'avez révélé passer des journées entières avec Tchaïkovski *sans me lasser*, j'ai pensé quand même, là, ça vaut le coup de me pencher sur le sujet. Alors je suis allée chez Simon (un vieil ami à moi passionné de musique classique) lui emprunter des disques. Il est d'ailleurs très remonté contre vous. Depuis cinquante ans, il essaie de m'initier et il suffit « qu'un petit rigolo débarqué de nulle part dise "Tchaïkovski" pour que tu arrêtes de faire la baleine et écoute ». Depuis, je passe des heures en compagnie de Tchaïkovski. J'adore ! En plus, cette musique accompagne ma peinture à merveille.

Mais laissons cela de côté et revenons à nos moutons, j'ai un interrogatoire qui m'attend.

1/ Les mille et une pensées qui occupent une mère lorsqu'elle regarde ses enfants ? Mon Dieu, les mêmes, j'imagine, que lorsqu'elle ne les regarde pas. Je voyais le corps potelé du petit dernier, les longues jambes dégingandées du plus grand, les larges épaules du cadet. Leur peau toute dorée par le soleil, la musique de leurs jeux flottant jusqu'à moi. Regarder vivre et grandir ses enfants est une jouissance intime de l'ordre du charnel, cela ne passe pas par la tête. C'est comme une mémoire du ventre qui les a portés. Et pendant que mon ventre s'occupait de les aimer, je réfléchissais à leur avenir, et à leur caractère en formation ; à la façon dont je pourrai les aider à pousser bien droit. Je pensais à tout ce temps et cette énergie qu'ils me prenaient, de vrais petits vampires me laissant exsangue, sans la force d'être autre chose qu'une mère.

Je me fatiguais à réfléchir au menu du dîner, et à l'idée de l'avalanche de linge sale qui m'attendait. Je rêvais de mettre assez d'argent de côté avec mon mari pour nous offrir un voyage, un vrai, avec départ en avion, cuisine exotique, langue étrangère et rencontres étonnantes (sans enfants !). Je regrettais mon époux qui me manquait, son travail lui volant ces instants de grâce passés sur la plage à regarder vivre ses fils, et j'essayais de m'en remplir au mieux pour lui restituer un peu de cette douceur. Je rêvassais, aussi. Avec toutes ces religions qui cohabitent, Dieu existait-il vraiment ? Et si oui, sous quelle forme ? Y avait-il une vie après la mort, ou juste des vers affamés, le vent prêt à nous emporter ? Je me rappelais les dossiers laissés en suspens à mon travail. J'essayais de me motiver pour adopter de bonnes résolutions : me lever dix minutes plus tôt le matin, le temps de me maquiller ; faire manger plus de fruits aux petits. Je culpabilisais d'avoir évité tant de fois de prendre rendez-vous chez le coiffeur (résultat, cette tignasse indomptable), ou de transpirer sur mes séances d'abdominaux (preuve à l'appui, ces deux kilos qui me restaient du petit dernier). Je m'attristais parce qu'à mon âge, certains de mes rêves devaient être effacés de l'ardoise. Oubliais aussitôt pour me réjouir de lire encore une fois *L'Œuvre de Dieu et la Part du Diable* de John Irving, et aussi

Monsieur Butterfly de Howard Buten, sans compter un ou deux Djian pour laver le sable de mes yeux. J'avais soudain envie de danser, de perdre la tête à force de tourner, à en avoir les pieds douloureux et le corps en apesanteur. J'espérais découvrir comment l'on est censé guérir d'un deuil, de cette douleur lancinante. Mon père me manquait cruellement, j'avais envie d'une crêpe au chocolat, et tant pis pour les deux kilos…

Je pensais à tout cela en même temps sans fil conducteur, me laissant porter par le flux, bercée par le bruit des vagues et la caresse du soleil sur ma peau. Il n'y a pas là mille et une pensées, les autres m'ont échappé, mais il faudra vous en contenter.

2/ Ce que je fais de mes journées ? Mes enfants ont grandi et quitté le nid, je suis à la retraite depuis quelques années. Alors ma foi, je fais enfin ce dont j'ai envie au moment où j'en ai envie, et non plus quand j'ai accompli tous mes devoirs et à condition qu'il me reste du temps, et des forces.

Par moments, je passe trois jours de suite enfermée chez moi sans voir âme qui vive. Je lis des centaines de pages qui m'emportent très loin de moi. J'écoute la mélodie des mots vibrer dans le silence de ma tête. Je me sens bien. Ces jours-là, je n'avale pas un seul vrai repas, je grignote des cochonneries délicieuses à n'importe quelle heure. Je lis jusqu'au matin et dors le jour, dans le bruit de la vie des autres, heureuse de sentir leur présence tout en ayant pu y échapper un moment. J'écoute de la musique très fort, laissant les notes imprimer leur rythme aux battements de mon cœur. Je dessine un peu, et je peins beaucoup. Après, je m'endors sur le canapé, sans personne pour se plaindre des taches de peinture que je laisse sur les coussins ou me demander d'aller me changer. Ce sont des journées de pur bonheur, égoïstes, solitaires, merveilleuses. Quand la musique me donne envie de danser, quand mes pieds se mettent à bouger tout seuls, je sais que le temps est venu de retourner dans la vie réelle (parfois aussi, c'est Simon ou Élisabeth, ma meilleure amie, qui se lassent d'attendre et viennent forcer ma porte). Alors je me coiffe, je m'habille, et je débranche le répondeur.

Quand je vis « dans le monde », mes occupations sont tout à fait banales. Je passe du temps avec mes amis, nous réécrivons l'histoire des soirées entières, fabriquons des boissons maison (la frênette est notre préférée, vous connaissez ?), nous nous gavons de chocolat. On reste chez l'un ou chez l'autre, on sort se promener. Nous allons au musée ou au cinéma, au restaurant, faire du shopping...

Bref, comme tout un chacun, sauf qu'à notre âge, cela nous prend deux fois plus de temps.

Je passe des heures au téléphone ou sur Internet avec mes fils et, régulièrement, ils viennent me voir. Généralement, quand ils repartent, ils laissent derrière eux leurs enfants, et ma maison est à nouveau envahie de cris, de cavalcades, de rires. Et moi, je recommence à jouer aux Lego à quatre pattes sur le tapis, je fais sauter des crêpes dans ma cuisine, j'apprends à habiller des poupées. Je raconte des histoires pleines d'animaux bavards : des princesses chantent avec des oiseaux ou des souris, des chevaliers tranchent des lianes et embrassent des inconnues juste parce qu'elles ont de jolies robes, et des chats mangent des lasagnes. Je me nourris de leur vitalité, de leurs rires, mets de la crème d'amour sur leurs bobos, reçois leurs secrets avec tout le sérieux qui s'impose, fais claquer quelques portes quand ils me cassent les pieds. Lorsqu'ils rentrent chez leurs parents, je suis rincée de fatigue, ravie de les voir lever le camp mais impatiente qu'ils reviennent. La plupart du temps, il s'ensuit quelques jours de solitude absolue, le temps de me remettre les idées en place.

Ah, j'allais oublier ! Je prends également soin de mes cheveux, bien sûr. Je crois pouvoir répondre à votre question : si je les ai gardés longs, c'est tout simplement parce que je gardais l'espoir, peut-être, de rencontrer quelqu'un. À présent, je suis trop vieille pour vouloir changer de tête !

3/ Extraordinaire, mon mari ? Absolument pas. Nous étions deux individus tout à fait ordinaires, mais nous nous étions trouvés. Nous appartenions l'un à l'autre, tout simplement. Pas dans le sens d'une possession, c'était... comment dire ? Cette certitude d'avoir trouvé la personne à même de vous comprendre, d'aimer vos faiblesses tout en vous poussant à donner le meilleur de vous-même. Non pas tant dans les épreuves ou les grands moments clés de la vie, mais chaque jour, chaque minute. Et je ne parle pas de performance ou d'excellence, ni de réussite sociale. Je parle de quelque chose de plus subtil, de plus difficile. Savoir qui l'on est vraiment au plus intime. Nos croyances les plus profondes, nos valeurs fondatrices, nos espoirs et nos rêves. Gratter sous le vernis de la culture et de l'éducation afin de découvrir notre propre essence, les amarres auxquelles attacher sa vie. Choisir ce que l'on veut être et rejeter le reste. Ensuite agir en fonction de tout ça, en acceptant les contradictions et les incohérences, les failles et les points forts. C'est ça, donner chaque jour le meilleur de soi : vivre en accord avec soi-même, ce que l'on croit juste et bien ; même quand c'est dur, même quand l'échappatoire paraît si séduisante. Juste essayer d'être droit dans ses bottes.

Alors oui, je l'aimais à ce point. Il y avait ses caresses et ses rires, ses colères et ses travers, et tous ces petits gestes qui ont modelé ma vie. Il y a eu des disputes, des cris de nous deux, des larmes de mon côté, mais nous étions sur la même longueur d'onde.

Vous connaissez ce poème dont j'ai oublié l'auteur : « *Il était mon Nord, mon Sud, mon Est et mon Ouest* » ? Quand il est mort, je me suis retrouvée comme un scout lâché en pleine forêt sans boussole ni carte, avec trois petits bouts de chou en miettes qui attendaient que je les répare. C'est en eux que j'ai forgé ma volonté, je leur devais d'être forte. Je n'avais pas le droit de laisser notre douleur briser leur élan, faire peser une chape de plomb sur leur avenir et leurs rêves. Au milieu de nos larmes, j'ai trouvé leurs éclats de rire d'enfants auxquels m'accrocher. J'ai écouté la voix de mon mari résonner dans ma tête quand je me trompais de chemin, j'ai serré les dents et arrondi le dos. J'ai fait en sorte d'avancer, pas après pas.

Un matin, j'ai réalisé que les jours supportables devenaient plus nombreux que ceux qui m'étaient intolérables ; de temps en temps, une belle journée parvenait même à se frayer un chemin dans le noir. Au bout de quelques années, je me suis retrouvée avec suffisamment de temps libre pour regarder un peu autour de moi et me rendre compte que nous avions survécu.

J'ai bien essayé de rencontrer un autre homme. La solitude est parfois lourde à porter, et Dieu que l'hiver est long sans bras pour vous réchauffer ! J'étais si jeune alors, votre âge Nathan, mon corps était plein de besoins, d'envies. J'ai fait l'amour avec d'autres, eu quelques liaisons passagères. Mais nul n'a su me toucher, et j'ai été incapable d'en comprendre aucun. J'avais beau me creuser la tête, impossible de saisir leur fonctionnement. Alors les années passant, les liaisons se sont espacées, ont progressivement perdu de leur importance jusqu'à devenir encombrantes.

Le miracle du temps est de les avoir effacées, afin de permettre à ma peau de se rappeler ses caresses à lui, le son de sa voix, sa chaleur à mes côtés. Il n'est plus là depuis si longtemps ; pourtant son souvenir m'enveloppe et me réchauffe, quand la compagnie d'autres hommes rend ma solitude encore plus sensible. Être seuls à deux, c'est terrible.

Il me reste ce regret : j'aurais tant voulu le voir vieillir, me plisser et m'alourdir dans son regard. Le connaître avec des rides et des cheveux blancs. Et bien sûr que mes fils aient un père pour connaître et aimer les hommes qu'ils sont devenus.

Mon Dieu, je ne pensais pas m'étendre ainsi, à croire que je rédige mes Mémoires. Je devrais brûler cette lettre au lieu de vous l'envoyer. Vous m'avez contaminée avec votre manie d'écrire « à personne », cela libère la parole d'une manière effrayante. Et puis vous me barbez, avec vos questions numérotées. Pour les autres, vous resterez sur votre faim, j'en ai marre de votre questionnaire, j'ai déjà raconté bien plus que je ne voulais.

Je vous laisse là,
Rose

9.

Chère Rose,

Je ne suis plus personne, je suis Nathan, et je reçois tout ce que vous me confiez comme de précieux trésors.

Vous m'excuserez auprès de Simon de l'avoir vexé. J'espère qu'il me pardonnera en pensant à toutes les heures à venir, occupées à écouter ensemble de la musique classique. Juste une question : que peut bien vouloir dire « faire la baleine » ?

Et puis non, des questions j'en ai d'autres, à la pelle. « Laver le sable de mes yeux » ... Pleuriez-vous ? Pourquoi faites-vous la sourde oreille lorsque je pose une question sur vos enfants ? Quand j'évoque leurs portraits ou leur vie, vous vous fermez comme une huître. Vous avez l'air si proches, cela a-t-il été difficile de les voir se marier, de devenir belle-mère ?

J'aime la façon dont vous parlez de votre mari, cela me rend même envieux. Ma compagne et moi-même sommes loin d'avoir une relation de cette intensité. Pourtant... Pourtant, je l'ai aimée, vraiment. Je ne sais pas où est passé cet amour. Je corrige : nous ne savons pas où est passé cet amour, mais il n'est plus dans nos murs. Dites-moi, comment êtes-vous tombée amoureuse de votre mari ? Comment avez-vous su que c'était lui, et pas un autre ?

Je suis désolé d'être si bref et de si mal récompenser votre longue lettre, mais à mon tour je dois vous laisser. Je préférais être bref que long à répondre.

Affectueusement,
Nathan

10.

Nathan,

Ça, vous pouvez vous excuser de votre brièveté ! J'en aurais crié de dépit en découvrant ce simple feuillet quand j'ai encore des crampes à la main de ma dernière lettre !

« Faire la baleine », c'est souffler d'un air exaspéré en levant les yeux au ciel quand quelque chose m'agace ou ne m'intéresse pas. Mes fils disent « ça me gonfle » – quoi, je ne sais pas – ou « ça me prend la tête », je ne suis pas sûre qu'ils la récupèrent toujours. J'ai horreur de cette expression, elle suscite des visions cauchemardesques où je les vois courir dans tous les sens comme des poulets décapités. Simon me compare à une baleine (aucun rapport avec le poids de cet animal, je précise !) qui souffle bruyamment en remontant à la surface puis replonge dans les profondeurs. Je fais comme elle, selon lui : je souffle d'un air excédé et continue d'agir comme il me plaît. Toujours d'après lui, je le fais très souvent, et ça l'énerve.

Au passage, puisque nous en sommes à la liste de mes travers, Simon affirme que « pétardière » n'est qu'un défaut parmi d'autres ; il ajoute « têtue et bornée » à la liste – je préfère persévérante et cohérente. Mais lui, c'est un râleur, je ne l'écoute pas toujours. Il est aussi curieux comme pas deux, alors en ce moment il râle beaucoup parce que je refuse de lui laisser lire vos lettres. Je lui parle juste de temps en temps de nos échanges (quand il me voit débarquer en demandant du Tchaïkovski, il faut bien m'expliquer pour lui emprunter des disques). J'avoue… j'adore le faire bisquer !

Quant au sable dans les yeux, non, je ne pleurais pas. Mais les mots de Philippe Djian ont chez moi l'étrange pouvoir de me laver de l'usure du quotidien. Peut-être justement sa façon de porter sur celui-ci un regard différent, de lui rendre toute son importance.

Il me semble avoir vu d'autres questions dans votre brève lettre… Ma foi, c'est à mon tour de vous faire lanterner. Vos quelques phrases jetées hâtivement sur le papier ne méritent pas plus qu'une histoire de baleine ensablée !

Rose

11.

Chère Rose,

Apparemment, vous aimez faire bisquer tout le monde, pas seulement Simon !
Je suis prêt à passer une longue nuit blanche à vous écrire. Allez-y, posez toutes les questions que vous voudrez. J'y répondrai sans réserve, promis.
Même si vous mettez des numéros.

Affectueusement,
Nathan

12.

Nathan,

Je vous prends au pied de la lettre, c'est le cas de le dire.

1/ Comment avez-vous rencontré votre compagne ? Comment votre amour s'est-il éteint ? Pourquoi ne veut-elle pas d'enfants ?
2/ Quelle famille avez-vous ? Des frères et sœurs ? Des cousins ? Êtes-vous proches ?
3/ De quelle façon occupez-vous vos journées ?

Rose

PS : L'étape d'après, c'est le télégramme. Enfin, ça n'existe plus, n'est-ce pas ? Maintenant, ce sont des SMS bourrés de fautes d'orthographe.

13.

Chère Rose,

Je suis installé sous vos yeux, dans le jardin d'hiver, Tchaïkovski nous accompagne dans notre veillée. La maison est vide, ma compagne est absente pour de longues heures et j'ai avec moi une excellente bouteille de bordeaux. Je peux me consacrer entièrement à vous.

1/ Notre rencontre était des plus classiques : au travail. Elle était l'assistante d'un gros client, je voulais absolument le ferrer. Avant de vous raconter comment l'amour s'est éteint, peut-être devrais-je dire de quelle façon il est né ?

Lors de notre première entrevue, j'étais obnubilé par la signature d'un contrat. C'était nos débuts avec ce client. Il me fallait réussir pour en décrocher de nombreux autres et transformer l'avenir de l'entreprise, lui permettre de littéralement décoller. Quand j'ai ouvert la porte de la salle de réunion, j'étais sanglé dans mon costume et ma cravate comme dans une tenue de combat. Je l'ai tout de suite repérée, vous pensez, la seule femme dans une pièce pleine de types en costumes tristes. J'ai vu ses jambes en tout premier, et nom d'une pipe, quelle paire de jambes ! À tomber par terre ! Je n'ai eu qu'à me laisser porter, remonter le long de ses courbes jusqu'à son visage, et là, j'ai remercié Dieu et tous ses saints, tant elle était belle. Vous savez, dans le genre sophistiqué, un peu femme fatale. Le tailleur cintré strictement professionnel, les cheveux longs ramenés en un chignon impeccable, et cette bouche d'un rouge éclatant, les yeux ombrés... Tout, tout était parfait. Dans les semaines qui ont suivi, nous avons travaillé ensemble des centaines d'heures, soirées et week-ends compris. Nous étions tous les deux célibataires, sans comptes à rendre à personne, alors vous devinez la suite.

Nos deux premières années ont été absolument fabuleuses. On travaillait comme des brutes et il y avait entre nous une véritable émulation. Cette sensation de former une équipe, et une équipe du tonnerre quand nous réunissions nos idées et nos efforts, je l'ai adorée. Pour moi, c'était aussi stimulant et excitant que nos corps-à-corps amoureux. Dès que le travail le permettait, nous partions en week-end. On s'installait dans des palaces, pleins de bonnes intentions, avec en main le guide de la ville et une liste de visites à ne pas manquer ; mais finalement nous passions nos journées au lit sans mettre le nez dehors. Nous avons écumé les grands restaurants, aussi fins gourmets l'un que l'autre. J'adorais le regard des hommes posé sur elle, puis leur air complice ou mauvais en voyant ma main calée dans le creux de ses reins (tous les hommes ne sont-ils donc que des petits coqs prétentieux ? Les femmes doivent trouver ça risible !). Nous avions des fous rires en pagaille, nous vivions au jour le jour, sans nous préoccuper du lendemain, sans échafauder de plans pour l'avenir. Nous travaillions, nous nous aimions et j'étais heureux, d'une certaine façon.

Je marque une pause. Revivre tous ces souvenirs me remplit d'émotions. Je comprends mieux maintenant l'intensité de vos confidences et, en même temps, je retrouve un peu de cette tendresse passée pour elle. Mon regard sur nos divergences actuelles se fait moins aiguisé. Merci à votre tour de ce cadeau que vous m'offrez. Mais reprenons.

À la fin de ces deux années, j'ai voulu vendre l'entreprise, j'en avais le projet depuis longtemps. Comme elle était en plein essor, j'avais plusieurs propositions, il me fallait saisir l'occasion. Nous vivions ensemble depuis plus d'un an et elle était d'accord. Nous avions tous les deux envie de lever le pied, de profiter un peu plus l'un de l'autre, d'avoir du temps libre, de découvrir le monde en-dehors de nos dossiers.

C'est là que les ennuis ont commencé. La distance s'est progressivement installée : en fait, nous n'avions jamais pris la peine de nous demander de quelle façon nous voulions occuper ce fameux temps libre, et les premiers mois d'euphorie passés, nous avons fini par comprendre : nos versions de « ce qui existait en-dehors de nos dossiers » n'avaient rien à voir.

Je lui parlais de partir en voyage à l'aventure, d'errer au gré de nos humeurs, de découvrir le monde. Elle me répondait vouloir à tout prix engager le décorateur à la mode dont tout le monde parlait, de rénover la maison de la cave au grenier. Je me plongeais dans les œuvres de tous ces auteurs que je rêvais de lire sans en avoir jamais eu le temps. Elle passait des heures dans son institut de beauté et chez le coiffeur, suait consciencieusement au sport dans l'espoir d'arrondir telle partie et d'en affiner une autre. Je flânais dans les foires et les expositions et cédais à des coups de cœur. Elle fit construire un dressing immense et passa ensuite un temps insensé à le remplir (avec autant de cravates que de robes de soirée, je dois le reconnaître). Au restaurant, elle se mit à ne plus manger que des trucs bio, soi-disant pleins d'antioxydants et autres machins, et à fusiller du regard ma côte de bœuf (pauvre bête, tuée deux fois !). Avant, nous avions un bonheur indicible à goûter de grands vins : elle se mit à les bouder sous prétexte qu'ils ternissaient son teint et lui cernaient les yeux au réveil.

En me relisant, je m'en veux. Je la dépeins comme un être égoïste et superficiel, uniquement attaché aux apparences et au matériel. Elle est un peu comme ça, c'est vrai, mais ce n'est qu'une de ses facettes. Et puis au début, cela m'amusait, elle enveloppait tout d'un grand sourire. Quand nous entrions dans une bijouterie, ses yeux brillaient comme ceux d'un enfant devant un sapin de Noël. J'adorais la gâter, voir ces étoiles s'allumer.

Depuis que nous ne travaillons plus, elle a une vie associative très active. Elle s'intéresse à beaucoup de causes et se démène pour ses projets avec la même énergie qu'elle mettait autrefois dans nos dossiers. Notre cercle d'amis la considère comme une sainte, et moi comme un ours. Cela ne me gêne pas qu'elle aime le luxe, seulement... Maintenant, elle prend la vie au sérieux, et je m'ennuie jusqu'à déprimer. C'est peut-être ce qui a étouffé mon amour. Elle peut identifier un grand couturier à la coupe d'une veste, bat tous les records de récolte de fonds en maîtrisant parfaitement l'organisation d'une soirée (quel traiteur prendre, buffet ou service assis, le menu idéal, les amitiés et inimités qui se déchaînent sous la surface et peuvent être utiles, l'épouse à flatter pour décrocher le gros chèque, les fleurs à mettre en fonction des saisons et des modes, la robe à porter et quelle cravate me sortir...).

Elle est parfaite, mais ses yeux ne brillent plus, alors moi, je m'en fous. Pourtant, je la crois heureuse. Elle fait exactement ce qu'elle voulait, comme elle le voulait, avec compétence et efficacité.

Mais quand elle me voit sortir de mon bureau, pas rasé, avec un vieux jean, un livre dans une main et mangeant distraitement un sandwich de l'autre (ça, c'est atroce Rose, car ça met plein de miettes dans la maison, sans parler de tous ces phosphates qui empoisonnent ma malheureuse tranche de jambon), quand je reviens du jardin trempé de sueur et plein de terre, ou rapporte d'une balade, d'un voyage, un objet quelconque qui ne rentre pas dans le décor mis en place... ce froncement de sourcils impeccablement épilés me hérisse le poil ! Vous imaginez ? Toute cette agitation, et elle est toujours impeccablement habillée, coiffée et maquillée dès le matin.

En fait, si je suis vraiment honnête, elle n'a pas beaucoup changé, elle reste fidèle à la femme que j'ai rencontrée et aimée il y a des années. Sauf que mes attentes ont évolué. Je voudrais juste... la voir s'enrouler dans ma chemise froissée en se levant le matin, au lieu de dormir dans ce déshabillé immaculé de satin et dentelle qui me glace. Rentrer de voyage (j'ai fini par me lasser de l'attendre, alors je pars seul) et la découvrir à l'aéroport, me sautant au cou, impatiente de me retrouver. Dans la réalité, elle m'accueille sobrement à la maison, une partie d'elle m'embrassant distraitement, l'autre zieutant mes valises, cherchant à deviner ce que j'ai encore bien pu rapporter et comment elle va pouvoir le cacher (j'ai abandonné depuis longtemps l'idée de lui faire plaisir en lui rapportant le moindre cadeau).

Je voudrais que, une fois de temps en temps, ses jambes piquent un peu, non par négligence, mais parce que la passion d'un projet lui aurait fait oublier son rendez-vous chez l'esthéticienne. L'admirer avec deux ou trois kilos de plus, parce qu'elle se régale de plats en sauce ou lèche ses doigts pleins de chocolat. Et la voir, au moins une fois, sans maquillage, traînant dans la maison avec une vieille chemise à moi sur le dos, et surtout, surtout, PAS coiffée (à chaque froncement de sourcil, je rêve de l'ébouriffer sauvagement !). Encore cette histoire de chemise qui revient telle un refrain. Voyez, finalement, mes fantasmes sont simples : une femme mal coiffée qui me pique mes fringues ! On ose dire les hommes exigeants ?

Mon Dieu, je n'aurais jamais pensé avoir tant à dire ! Et je n'ai même pas fini la question numéro 1, mais vous tenez votre dernière réponse. Pourquoi ne veut-elle pas d'enfants ? Allons, Rose, nous n'arrivons déjà pas à partager nos vies, comment pourrions-nous les entremêler avec un enfant ? Un enfant, ça pleure, ça fait du bruit, des bêtises et du désordre, demande du temps... Abîme un corps, paraît-il. Il n'y a vraiment pas la place entre nous pour un tel chambardement. Au fait, avez-vous finalement perdu les deux kilos qui vous restaient du petit dernier ? Et fait des abdominaux ? Vos grossesses ont-elles abîmé votre corps ?

Je vais laisser là votre question 3, je crois y avoir plus ou moins répondu au travers de cette lettre. Quant à la 2, je vous avoue que le sujet ne m'intéresse pas franchement, alors je vais faire bref. Mon père est mort il y a une dizaine d'années. Je ne m'entends pas très bien avec ma mère : elle me reproche de ne pas apprécier ma compagne à sa juste valeur. C'est d'ailleurs l'avis général autour de moi, et qu'elle a une patience d'ange de supporter mes excentricités (vous me témoignez d'ailleurs la même patience !). Ne suis-je pas heureux d'être tout beau, tout propre dans mon joli costume, bien coiffé, bien rasé, à siroter du champagne dans une magnifique maison avec des invités si distingués ? Et ne préférerais-je pas laisser le jardinier se casser les reins avec cette sombre histoire de bêche pour me contenter de profiter du parfum des roses ?

Quel cynisme, je ne me savais pas aussi amer ! Ma mère clame également que je me laisse aller ; d'après elle, mes voyages au bout du monde sont inutiles et dangereux, je ferais mieux de partir en croisière ou de réserver des cinq étoiles (ils ont vraiment décidé de me faire mourir d'ennui...). J'ai deux sœurs ; elles s'entendent à merveille avec ma compagne, alors tout est dit. Mais leurs enfants sont trop petits pour écouter ces inepties, je peux encore me divertir pendant les réunions de famille en jouant avec eux. Qu'un de mes beaux-frères se soit flanqué par la fenêtre l'année dernière ne doit surtout pas troubler notre digestion, il est donc interdit de prononcer son nom.

Nom d'une pipe Rose, je recommence à être atrocement triste ! Oubliez ça, encore une fois. Le soleil va se lever, et à cet instant éphémère juste avant l'aube, ses rayons sont un peu blafards – je sais, je mets toujours mes coups de blues sur le compte de la lumière.

Et puis voyez, cette fichue bouteille de bordeaux est vide. Je ne lui ai pas fait honneur comme elle le méritait, j'étais tellement absorbé par notre conversation que je l'ai sirotée distraitement tout au long de la nuit. Enfin, conversation c'est vite dit, moi aussi apparemment je m'embarque dans mes Mémoires.

Mais ce qui libère ma plume, c'est de m'adresser à vous, Rose. Vous avez une façon bien singulière d'ouvrir les placards soigneusement fermés et d'en éparpiller le contenu pour m'obliger à en faire le tri. Je me croyais plutôt heureux, je me découvre en train de raconter le contraire. Et cette bouteille, pour la savourer comme il se doit, il nous aurait fallu être ensemble. La prochaine fois, daignerez-vous descendre de votre mur, viendrez-vous la partager avec moi ? De tels vins se boivent à deux.

Alors, dites-moi, Rose, me suis-je fait pardonner ma brièveté passée ? Allez-vous encore me faire bisquer ou ai-je gagné le droit d'avoir quelques réponses ? Après toutes ces lignes, je n'ai aucune envie de poser mon stylo, et je cherche désespérément quoi vous raconter d'autre, pour le plaisir de vous garder près de moi.

Simon m'en veut encore ? L'avez-vous laissé vous initier à d'autres trésors de sa collection ? Et vous, qu'écoutez-vous comme musique, Nirvana ?

Affectueusement,
Nathan

14.

Nathan,

Je vais vous en ficher, moi, du Nirvana, petit insolent ! Dieu merci, mes fils ont fini par sortir de l'adolescence et j'ai pu y échapper (quoique, il y avait bien un ou deux morceaux que j'aimais). Je ne vais pas vous dresser un inventaire, je vous envoie un CD des musiques de mon MP3 (ce truc est un cadeau de mes fils, une vraie merveille !). Mais autant vous prévenir, je suis assez éclectique.

Après une telle lettre, vous gagnez tous les droits d'obtenir les réponses que vous réclamez. Je ne me rendais même pas compte que j'esquivais le sujet de mes enfants à chaque fois, je suis désolée. Simon m'accuse d'être une louve avec eux (il m'appelle « la mama juive »), de vouloir les protéger contre le monde entier, quand ils font maintenant deux têtes de plus que moi. Je n'ai jamais pensé sciemment que vous pouviez les menacer... Je crois avoir agi d'instinct en dressant un mur entre eux et vos questions. Mais vous m'avez témoigné une telle confiance dans votre dernière lettre que le bouclier est tombé tout seul. À ce propos, c'est pour ça que Philippe n'a jamais publié leurs photos, je le lui avais interdit. Vous désirez donc que je vous parle de mes fils ? Je suis intarissable sur eux, vous allez le regretter !

Maxime va bientôt fêter ses 40 ans. Vous avez vu sur le portrait de Philippe comme il était beau ? Eh bien, il l'est toujours autant (et ses frères aussi). Mais c'est une vraie tête de lard. Il est aussi pétardier que moi, peut éclater de rire et l'instant suivant, pour un mot ou une virgule mal placée, vous balancer son poing dans la figure (enfin, si vous êtes un homme, il n'a évidemment jamais frappé une femme !). Nous reconnaissons tous les deux que c'est pénible. Alors on essaie de se soigner, moi en cassant de la vaisselle, lui en pratiquant la boxe. Il n'est jamais aussi heureux qu'après un match, lorsqu'il s'est bien défoulé et que son visage est tuméfié (moi, ça me rend dingue, de ne pas pouvoir monter sur le ring, sonner les cloches du type qui tape sur mon fils). On se lance des défis, du style « pas d'explosion jusqu'à Noël prochain », et parfois on y arrive (surtout quand on se dit ça mi-décembre).

Il m'énerve parce qu'il lui suffit de lire quelque chose pour le mémoriser. Comme il s'intéresse à tout, sa cervelle ressemble à une énorme encyclopédie. Mais lui adore les chiffres (ils me collent de l'urticaire), parce qu'« un chiffre est un chiffre, il ne ment pas, ne triche pas, ne change pas d'avis comme de chemise ». Max est très à cheval sur la vérité et l'honnêteté, ce qui rend parfois sa fréquentation difficile. L'expression « *Toute vérité n'est pas bonne à dire* » le fait sortir de ses gonds ! Il est comptable, et se régale de calculs à longueur de journée. C'est aussi un papa complètement gâteux, ses petites puces le mènent par le bout du nez.

Arthur... Arthur, c'est une toute autre histoire. Il passe son temps à faire le pitre, recherche toujours l'improvisation, l'inattendu, le spontané. Il se réjouit des travers des gens, il les trouve plus amusant que leurs qualités. À ses yeux, la vie est un jeu, il n'y a pas grand-chose qu'il prenne au sérieux, sauf la souffrance. Il est affligé depuis la naissance d'un complexe du saint-bernard. Il a passé son enfance et son adolescence à ramener à la maison les chats abandonnés, les clochards quand il pleuvait, les jeunes filles en pleurs. Cette dernière faiblesse a donné lieu à des aventures épiques au moment de leur adolescence. Les demoiselles venaient sangloter sur l'épaule d'Arthur. Il les consolait avec beaucoup de bonne volonté, mais une fois lassé, il se torturait à l'idée de les blesser en les quittant. Il se retrouvait donc généralement à jongler avec plusieurs histoires, déclenchant les hurlements de Max qui bien sûr l'accusait du blasphème de mensonge. En général, Arthur réglait le problème en déposant les filles dans les bras de Max (qui du coup ne râlait plus du tout) ou de Sam (très fier d'avoir eu cette idée). Ce que ça a pu me faire brailler, cette manie ! Je ne savais jamais quelle fille était la copine de qui et passais mon temps à éviter les gaffes, une de mes spécialités. Vous avez une petite idée du nombre de filles défilant dans une maison où vivent trois garçons, Nathan ? Moi, j'ai très vite renoncé à essayer de connaître leurs prénoms, ça ne servait à rien, ils changeaient tout le temps. Bref, Arthur, ça n'a pas loupé, est devenu médecin (dès que j'éternue, je l'ai sur le dos). Mais c'est un médecin un peu particulier, du genre que ses patients fuient en courant à la première visite en se vissant l'index dans la tempe ou, au contraire, se mettent à vénérer.

Vous croyez que cela l'aurait rendu plus sérieux ? Pensez donc ! Il y a un mois, un mois seulement je vous jure (il a 37 ans maintenant), il a fait des expériences de petit chimiste avec ses enfants et ils ont flanqué le feu à ma cuisine ! J'ai fini par me résigner : Arthur ne sera jamais vraiment un adulte. Mais sa femme a l'air de le vivre très bien, alors ma foi, c'est le principal.

Quant au petit dernier (c'est ridicule de l'appeler comme ça, il a 34 ans et fait 1 mètre 80), c'est le poète dans toute sa splendeur. Distrait, rêveur, inventif, curieux, il ne ferait pas de mal à une mouche (ce qui ne l'a pas empêché de taper sec sur ses frères quand ils se bagarraient). Sam ne pense qu'à son art (il est photographe), et sans sa femme, il oublierait souvent de manger. La semaine dernière, elle a dû aller le chercher au poste de police pour attentat à la pudeur (non mais franchement, je vous jure !), parce qu'il était sorti habillé de pied en cap, chaussures cirées et tout, sauf qu'il avait oublié de mettre un pantalon (ils habitent à côté d'une école, alors Dieu soit loué, il portait au moins un caleçon). Enfin, heureusement, il n'est pas tout le temps comme ça, juste quand il bloque sur quelque chose et plonge dans ses pensées. Le reste du temps, il est à peu près normal. Un peu... excessif, peut-être, du style à vous rapporter non pas une écharpe en soie de ses vacances, mais une quinzaine, incapable de décider quelle couleur vous alliez préférer.

Bref, notre vie a souvent été agitée avec ces trois loustics. Simon se moque généralement de moi en disant que les chiens ne font pas des chats. Le plus important, c'est qu'en dépit de leurs différences, ils s'adorent. Vous ne pouvez pas toucher à l'un sans vous retrouver avec les trois sur le paletot. D'une certaine façon, ils se complètent, et à eux trois, ils parviennent à avoir une vision assez riche du monde.

Au fait, j'ai adoré devenir belle-mère. Dans toute épouse aimante, il y a une maman qui sommeille et veille sur son mari comme sur un enfant : il me reste à partager les petits et grands malheurs, les petites et grandes joies, mais je n'ai plus à me préoccuper du quotidien, ce qui m'a rendu une liberté fabuleuse. Et puis avec mes belles-filles, je peux parler chiffon, maquillage, acteurs séduisants... et non formules chimiques, puissance d'un moteur, équipes de rugby et ... « bombasses » !

En ai-je assez dit, Nathan ? Ai-je satisfait l'intérêt que vous leur portez ?

Mon mari, comment ai-je su ? Je ne sais pas. Non, ce n'est pas vrai, je mens (pardon Max !). Je sais exactement à quel moment mes derniers doutes se sont envolés. Par contre, vous ne posez pas cette question pour vous aider à trouver des réponses quant à votre vie, j'espère ? Parce que j'ai peur de ne pas vous avancer beaucoup. Je suis tombée amoureuse à cause d'une paire de chaussettes, vous parlez d'un romantisme !

Nous avions à peine 20 ans, nous étions toute une troupe de copains partis camper pendant les vacances. Nous étions alors plus ou moins en couple, plutôt moins que plus. Il me plaisait beaucoup, mais il y avait cet autre garçon qui me faisait de l'œil, et il avait vraiment de bons arguments (des yeux d'un vert, mais d'un vert... à tomber par terre, comme une certaine paire de jambes !). L'un de nos amis était mal en point à cause du divorce de ses parents ; son père était parti et sa mère passait son temps à pleurer. Un soir, nous étions déjà tous installés dans une vieille grange quand il a absolument voulu l'appeler. Nos hôtes lui ont prêté leur téléphone et dix minutes après, nous l'avons vu s'encadrer dans la porte de la grange, blanc comme un linge. Il a juste eu le temps de nous annoncer que sa mère avait fait une tentative de suicide avant de se retourner et de vomir dehors. Nous sommes restés interdits, figés dans nos sacs de couchage avant de nous lever tous en même temps, les filles cherchant un pull à enfiler, les garçons sautant dans leur jean, et on s'est précipités dehors. En le rejoignant, j'ai réalisé que pendant que l'on se préoccupait de notre tenue, mon (futur) mari s'était contenté de se lever et de rejoindre notre ami. Il était assis à ses côtés et le tenait par l'épaule, le laissant pleurer sans rien dire. Ne pas laisser cet ami seul avec sa douleur pendant ces trois-quatre minutes qu'il nous avait fallu pour nous habiller, était plus important à ses yeux que son apparence. Notre premier réflexe avait été de ne pas avoir froid ou de ménager notre pudeur. En le voyant assis tranquillement, consolant notre ami en maillot et caleçon, j'ai pensé que ses chaussettes ridicules, l'une tirée à mi mollet, l'autre tirebouchonnée, lui donnaient l'allure d'un roi. Pour l'anecdote, cet ami qu'il consolait était Simon.

Voilà comment je suis tombée amoureuse, comment j'ai su que c'était lui et pas un autre. Vous, vous êtes tombé amoureux d'une gravure de mode parfaitement rodée, dont vous vous détournez aujourd'hui parce qu'elle est trop efficace. Chacun évolue sur son propre chemin, imprévisible, et le plus difficile est sûrement de garder ces deux axes parallèles, de continuer à avancer dans la même direction.

En écrivant, une idée effroyable me vient. Cette magnifique histoire d'amour que j'ai vécue avec mon mari n'a-t-elle existé que parce qu'il est mort jeune ? Nos quelques disputes et rares cris auraient-ils fini par se multiplier jusqu'à brouiller nos ondes ? Cette simple question réécrit toute l'histoire de ma vie. Je l'ai cherché pendant trente-cinq ans, dans chaque homme que je croisais. Ai-je passé ma vie à traquer un mirage ? Et je le réalise trop tard ? Ma soi-disant sagesse ne serait alors qu'une monumentale erreur bercée d'illusions. Quels accrocs le temps aurait-il infligé à notre amour ? Aurions-nous su lui apprendre à mûrir et évoluer, ou se serait-il desséché ? Je ne le saurai jamais, et pourtant j'ai empêché mon existence de se construire sur ce postulat : nous nous aimions à ce moment et cela aurait dû durer toute la vie. Mais peut-être aurions-nous perdu ce que la maladie nous a pris. Quelle horreur ! Je vais enfermer tout cela dans mon propre placard et remettre mes œillères. Et je vous interdis d'y toucher encore, Nathan !

Mon Dieu, faire remonter tous ces vieux souvenirs me remue drôlement. Je veux votre promesse, Nathan. Mettons un peu moins de passé dans nos lettres, et un peu plus de présent et d'avenir, d'accord ?

Affectueusement,
Rose

PS : Ces deux kilos me sont restés jusqu'à la mort de mon mari (la faute aux crêpes au chocolat, je pense), moment où j'en ai perdu plus de dix. Pendant des années, j'ai fait des abdominaux deux semaines par an, à la rentrée et début janvier, quand on prend tous de bonnes résolutions (qui donc chez moi ne durent qu'une semaine), mais heureusement maintenant, j'ai laissé tomber. Et non, mes fils n'ont pas abîmé mon corps.

Nathan, en vous lisant, deux questions me viennent. Ce beau-frère dont vous taisez le nom, pourquoi s'est-il suicidé ? Étiez-vous attaché à lui ? Est-ce son départ qui vous a poussé à vous enfermer dans cette solitude ? Et puis… pourriez-vous réfléchir à l'idée de raconter à votre compagne tout ce que vous m'avez confié ? Il suffit parfois de jeter un pont au-dessus du vide pour franchir un gouffre. Vous n'êtes peut-être pas si éloignés que ça l'un de l'autre.

15.

Rose,

Je suis bouleversé par votre lettre. Cette blessure infligée bien involontairement par mes questions… pourquoi remettre en cause votre grand amour ? Si vous l'avez ressenti toutes ces années, alors il est réel. Vous n'avez pas cherché votre mari toute votre vie, mais un homme avec lequel vous auriez pu construire un autre accord. Une tonalité différente, capable de vous apporter du bonheur. Ne vous torturez pas, je vous en prie ! Il n'y a pas de placard ni d'œillères, et votre vie n'a nul besoin d'être réécrite.

Vous me chamboulez aussi en parlant de Guillaume, je suis tellement habitué à ce que le sujet soit tabou. Non, nous n'étions pas très proches et probablement aussi réservés l'un que l'autre. Son suicide m'a laissé un goût de plat raté dans la bouche, la sensation d'être passé à côté de quelqu'un en manquant la chance de le connaître. Et voir la souffrance aveuglée de colère de ma sœur, l'impuissance désespérée de ses enfants m'a mis K.O. J'ignore si sa mort m'a poussé à m'enfermer dans la solitude. Mais si je regarde en arrière… Oui, peut-être étais-je plus gai et plus insouciant avant. Ma vie telle qu'elle est me convenait. Aujourd'hui, elle me semble incomplète. Elle ne me suffit plus, mais j'ignore ce qui me manque.

Vous avez raison Rose, nos échanges creusent loin au risque d'effriter nos fondations et de mettre tout le contenu de nos vies en danger. Laissons le passé prendre la poussière dans les placards, et parlons du présent et de demain.

J'adorerais connaître Maxime, Arthur et Sam. Au moins, on ne doit pas s'ennuyer avec eux. Est-ce de vous qu'ils tiennent cette énergie, cette passion ? Je me sens tout encroûté en comparaison.

Quant à cette paire de chaussettes, moi, je la trouve d'un romantisme parfait. Elle va bien avec ma chemise froissée. Elle me donne l'impression de ne pas être si lubiesque, avec mes envies toutes simples.

Vous vous posez là, avec vos questions. Essayer de faire comprendre à ma compagne mes sentiments actuels ? Déjà, trouvera-t-elle une place pour moi dans son emploi du temps de ministre ? Et puis vous savez quoi ? Je n'en ai même plus envie. Je ne l'imagine pas un seul instant capable de m'écouter, encore moins de comprendre, sans parler de la voir avancer d'un pas vers moi. Mais ne vous inquiétez pas, je ne suis pas malheureux. Cette partie de ma vie ne ressemble pas à ce que j'espérais, mais le reste me convient. Bien des couples se résument à ça.

À ce propos, je dois vous dire, je repars en voyage bientôt. Vous devez absolument me donner votre adresse mail car je n'envisage pas un instant de me priver de vos lettres pendant six semaines. Je pense même adorer recevoir de vos nouvelles plus souvent, et plus rapidement, même s'il est certain que je n'aurai pas un ordinateur sous la main tous les jours. Cette fois, je pars en Amérique du Sud. Je ne suis jamais allé là-bas, je m'en frotte les mains d'avance. Aimeriez-vous venir ? Dites oui et je viens vous chercher demain avec un billet d'avion dans la poche.

Affectueusement,
Nathan

PS : Votre CD m'a accompagné toute la nuit, mais dites-moi, vous avez vraiment un faible pour Robbie Williams !

16.

Nathan,

Je suis désolée d'avoir tant tardé à vous répondre. Et puis non, je ne suis pas désolée du tout, car c'est votre faute, parfaitement. Votre dernière lettre m'a mise dans une colère, mais une colère, vous n'avez pas idée ! J'ai cru revenir trente ans en arrière, quand mes trois garnements me rendaient folle au point d'emplir notre maison du vacarme de mes cris et des portes claquées. J'ai donc voulu attendre pour laisser le temps m'apaiser un peu avant de prendre la plume, mais voilà. Les jours passaient et je me surprenais à bougonner toute seule ou à casser des assiettes, alors tant pis, je vous écris avec ma colère.

Comment ça, vous n'en avez « même plus envie » ? L'amour, une partie de votre vie qui ne ressemble pas à vos espérances, et vous osez écrire ignorer vos manques ? Mais qu'attendez-vous donc pour mettre un peu plus de vous-même dans votre vie, au lieu de tout ce fatras imposé par d'autres ?

Pour fabriquer votre ribambelle d'enfants lubiesques, les aider à mettre de la confiture sur le canapé et à jouer à cache-cache dans votre sacro-saint bureau ?

La décoration de votre maison aurait peu d'importance si votre couple vivait dans ces murs. Vous ne faites que les habiter ! Vous me parliez de bonheur, le pensez-vous prêt à nous tomber tout cuit dans le bec ? Mais le bonheur, *ça se fabrique,* nom d'une pipe ! Il faut s'atteler à la tâche et se remuer. Il arrive alors de pouvoir profiter de sa lumière et de sa beauté. La seule limite est celle de notre imagination.

N'attendez pas d'être trop vieux pour comprendre l'un des piliers de votre existence, cette lancinante envie d'enfant, sinon vous ne m'auriez pas parlé des miens avec autant de constance ! Peut-être votre compagne espère-t-elle simplement être un peu bousculée ? Quelle femme voudrait donner un enfant à un homme se laissant si facilement convaincre qu'il n'en a pas vraiment besoin ?

Je vais être un peu plus franche, au début je marchais sur des œufs (et c'est vraiment une marque d'amitié de ma part, croyez-moi, ce n'est pas du tout mon style habituel, demandez à Simon ou Élisabeth).

Une grossesse, abîmer un corps ? Dites-lui de ma part que c'est une imbécile, et encore je suis polie. Elle risque, éventuellement, des vergetures ? La belle affaire ! Mon ventre a porté trois enfants. Trois fois mon ventre a fabriqué une vie, a porté l'avenir, que dis-je, le monde. Pendant neuf mois, trois fois, j'ai été grosse. Mais grosse d'amour, de vie, pleine de mon mari, de mes enfants et de leurs rêves à venir, déjà en moi couvaient leurs petits-enfants. Votre compagne n'a pas envie d'enfants, ses hormones la laissent tranquille, elle préfère se consacrer aux autres, lutte contre la surpopulation… parfait. Tenez-le-vous pour dit et réfléchissez : votre relation mérite-t-elle ce sacrifice à vos yeux ? Flûte, Nathan ! Partez, restez, aimez ou détestez, mais ne sombrez pas dans cette indifférence mortifère ! L'amour, une « partie de la vie », quelle ineptie !

J'arrête là, je suis trop en colère. Oui, en colère ! Vous êtes jeune, tous les possibles s'ouvrent à vous. Au lieu de choisir et de prendre votre vie en main, au risque de commettre des erreurs, vous restez planté là à regarder les chemins se désertifier. J'aurais tant voulu pouvoir me battre pour protéger mon bonheur ! Mais la maladie est profondément injuste, elle ne laisse pas de chance, ne s'affronte pas à armes égales. Vous avez la possibilité de caresser vos rêves, et vous restez les bras ballants !

Maintenant nos placards sont ouverts, il est trop tard pour revenir en arrière, et les œillères ne peuvent plus rien masquer, une fois que l'on sait ce qu'elles cachent. L'amertume et la révolte me remontent dans la gorge, d'avoir dû subir cette perte. Surtout maintenant, en connaissant la suite de l'histoire : je n'ai pas eu la force de guérir. J'ai juste fait semblant d'avancer, semblant d'accepter. Il est trop tard pour moi, pas pour vous. Dans vos toutes premières lettres, vous parliez d'instinct. Je vais le remplacer par destin. Cette pulsion qui vous a poussé vers moi était écrite dans les étoiles. J'ai raté tout un pan de ma vie pour permettre à mon expérience de vous aider à construire la vôtre autrement.

Si vous étiez en face de moi, je vous botterais les fesses jusqu'à ce que vous ne puissiez plus vous asseoir. Vivez votre vie, nom d'une pipe ! J'ai presque 70 ans et je me roule encore dans l'herbe. Posez là cette lettre, levez-vous et marchez. Agissez, nom d'une pipe, Nathan ! Si vous ne savez pas où aller, écoutez Stendhal :

« *J'appelle caractère d'un homme sa façon d'aller à la chasse au bonheur.* »

Rose

PS : Je vous donne mon adresse e-mail, mais vraiment, vous allez me rendre folle avec vos atermoiements. Plus envie, plus envie, ça ne veut rien dire ça !

PS 2 : Ce sont mes belles-filles qui m'offrent les albums de Robbie. Voix magnifique, très belles mélodies, textes riches... et puis il est plutôt sexy, non ? Son côté mauvais garçon, j'imagine. Vous aussi vous avez des tatouages ?

17.

Nathan,

Je sais que ma lettre était brutale, je me laisse parfois un peu emporter et vous avez le don de me mettre à vif, mais est-ce une raison pour ne plus me répondre ?

Vous avez initié cette correspondance, vous avez le <u>devoir</u> de me répondre.

Rassurez-moi, une ligne suffira, mais dites quelque chose, même « allez-vous faire voir. » ! Si vous gardez le silence, je m'inquiéterai au point de débarquer chez vous afin de m'assurer que vous êtes toujours vivant. Et ce n'est pas une menace en l'air.

Rose

18.

Rose,

Je vous attends.

Nathan

19.

Nathan,

Dieu soit loué, vous êtes vivant ! Mais c'est un peu court, jeune homme. Je me rappelle avoir dit qu'une ligne suffirait, mais vous n'êtes pas obligé de me prendre au pied de la lettre. J'ai droit à un peu plus long, vos réponses raccourcissent au fur et à mesure que les miennes s'allongent !

Rose

20.

Chère Rose,

Je suis désolé de mon silence, je ne voulais pas vous inquiéter. Mais c'est votre faute aussi, alors je ne m'excuserai pas non plus. Pour la première fois, je me frotte aux épines de votre prénom. Cette expérience contraste fortement avec le délicat velouté de vos pétales dévoilé jusque-là.

Avez-vous une idée de l'ampleur du travail que vous m'avez donné par votre dernière lettre ? Vous m'avez bel et bien botté les fesses, et je suis resté de longs jours sans plus pouvoir m'asseoir. Maintenant, mon postérieur s'est à peu près remis et voyez, la première chose que je fais est de m'installer dans le jardin pour vous écrire.

J'ai d'abord annulé mon voyage et passé de longs jours à marcher. Je ne pouvais plus dormir, encore moins manger. Je marchais sans cesse. J'avais peur, si je m'arrêtais, de me rendormir sans m'en rendre compte.

J'ai quitté ma compagne. Je l'ai trouvée dans notre lit avec ce foutu décorateur en revenant d'une de mes errances. Et vous savez quelle a été ma première réaction ? Rire ! Ce type a le dos *couvert* de poils noirs, je vous jure, c'est impressionnant. Pour une femme aussi maniaque, c'est le comble, non ? Mais après qu'il ait filé la queue entre les jambes (désolé, mais je ne pouvais pas la rater celle-là), je l'ai regardée, son menton pointant vers l'avant et me défiant, son corps tout tremblant. J'ai eu comme un flash, l'impression de retrouver un peu de celle que j'ai aimée. Je me suis assis sur le bord du lit, prêt à tenter de lui parler.

Je pensais pouvoir pardonner, vu ce à quoi ressemblait notre couple. Si on essayait tous les deux de « jeter un pont » comme vous dites, je serais capable d'effacer cette image. Elle a aussitôt retrouvé tout son aplomb, et je me suis senti beaucoup moins sûr de mes affirmations. J'ai quand même poursuivi.

Je lui ai avoué à quel point mes lubies m'étaient précieuses. J'en ai pris conscience au fil de nos échanges : elles me définissent. Sa réaction ? Parler de me mettre sous tranquillisants. J'ai demandé une ribambelle d'enfants lubiesques, désiré la voir grosse, pleine comme un œuf, de moi, d'amour, de vie : elle a écarquillé les yeux d'horreur. Alors je lui ai demandé de s'en aller.

Grâce à vous, je l'ai enfin réalisé : j'ai encore envie, peut-être même plus que jamais. J'en viendrais presque à plaindre ce pauvre décorateur : elle va lui imposer une douloureuse épilation du dos, j'en mettrais ma main au feu. Cette simple idée me fait jubiler.

Depuis son départ, j'ai entièrement chamboulé la maison. Le résultat vous plairait, j'en suis sûr. Surtout le jardin d'hiver puisque c'est toujours là votre place. Vous n'êtes plus la spectatrice impatiente de « tea time » convenus : j'y ai installé mon atelier. J'ai repris le travail du bois, mes mains sont dans un état lamentable et je n'ai pas été aussi heureux depuis des années. Plus besoin de se préoccuper des stores – la sciure recouvre très bien les vitres– le soleil ne vous abîmera pas. Je commence chaque journée par une heure de natation. Je poursuis mes longues marches. J'aimerais vous avoir à mes côtés pour faire rebondir toutes les idées qui naissent sous mes pas.

La gestion de mes biens me barbait alors je l'ai confiée à des professionnels. Je suis maintenant parfaitement libre. Vous savez quoi ? C'est effrayant tant de liberté. Mais après m'être beaucoup bousculé, je souffle un peu. Je travaille mon bois, je nage, je lis, j'écoute de la musique en vous regardant. Je travaille à réveiller mon imagination rouillée.

Effrayant, mais aussi exaltant. Tant de chemins s'ouvrent à moi selon vos termes, il y a tant de choix possibles. Est-ce cela, « donner le meilleur de soi » ? Quelle sensation merveilleuse, et je n'en suis qu'à l'échauffement. Tout me semble accessible, je vous le dois. Vous êtes ma bonne fée (même s'il existe une certaine marge de progrès pour la mise en forme des coups de baguette magique). Je bénis le jour où j'ai pris le risque de vous écrire.

Quant à votre vie, Rose, elle n'est pas ratée et n'a pas besoin de la mienne pour se justifier. Je m'engage sur un chemin semé d'embûches et je ne veux pas le parcourir seul. S'il existe un destin, il m'a dirigé vers vous pour me permettre de réaliser que je me laissais mourir à petit feu, alors j'ai sûrement moi aussi un rôle à jouer auprès de vous. Peut-être suis-je, d'une manière ou d'une autre, cette guérison restée en suspens toutes ces années ? Vous n'êtes plus depuis longtemps un fantasme noir et blanc accroché au mur. Mais une rencontre merveilleuse et bouleversante qui me redessine à chaque mot et me prête le même pouvoir sur vous. L'inconnu nous attend, mais j'ai la conviction de vouloir l'explorer avec vous. C'est une évidence.

Rose, sais-tu à quel point tu es chère à mon cœur ? En parlant de cœur, le mien est libre et je te l'offre, il t'appartient. Tu lui as rendu la vie, tu en es maintenant responsable. Viendras-tu enfin me voir ? Je ne l'entendais pas comme une menace, mais comme une promesse, et je t'attends encore.

Affectueusement,
Nathan

PS : J'ai relu tes anciennes lettres. Le poème dont tu me parlais est de W. H. Auden. Le relire m'a ému. Au fait, c'est quoi cette histoire de chat qui mange des lasagnes ?

PS 2 : Non, désolé, pas de tatouage... mais ce n'est pas le temps que ça prend !

21.

Cher Nathan,

Ce « tu » n'est pas une bonne idée. Il va nous embrouiller, fausser les limites et créer une intimité qui n'a pas lieu d'exister.

Je ne vois pas comment vous pourriez être la guérison de ma solitude, et vous avez bien d'autres chats à fouetter. Si j'ai pu vous aider à prendre conscience de certains déséquilibres de votre vie, j'en suis heureuse. Mais cela aura été inutile si c'est pour vous fourvoyer dans une nouvelle impasse encore plus sombre. Quelle idée absurde de proposer un cœur si jeune à une vieille dame ! Avez-vous raté tous les cours de biologie ? Offrez-le à une femme de votre âge, qui vous donnera les enfants que vous voulez et avec laquelle vous pourrez vieillir.

Mais quel soulagement de lire votre lettre ! J'aurais aimé savoir travailler le bois, c'est une matière si vivante. Je ne suis ni assez patiente, ni assez minutieuse. J'ai choisi la peinture, celle-ci m'a parfois sauvée et a toujours fait mon bonheur.

Avec Simon et Élisabeth, nous avons refait une fournée de frênette (il faudra que je vous envoie une bouteille, c'est délicieux, surtout avec une galette des rois !). C'était aussi amusant que d'habitude jusqu'au moment où le tonneau nous a échappé et s'est renversé. Simon l'a reçu sur les jambes. Imaginez un peu, trois vieux fous assis dans l'herbe détrempée par soixante litres de frênette, pliés en quatre de rire. Nous avons tellement rigolé ! Il nous a bien fallu dix minutes pour réaliser que la jambe de Simon était cassée. Du coup, il vit à la maison, le temps de guérir. C'est étrangement agréable de l'avoir là (nous nous connaissons depuis si longtemps, nous formons la paire tous les deux, comme des charentaises patinées par le frottement du parquet), mais cela me prive de mes journées de solitude, alors j'ai parfois hâte de le voir partir.

Le mois prochain (les réparations sont longues à nos âges), il ira chez Lisbeth, car je pars en voyage. Pas loin, mais je suis impatiente comme une gamine. Mes enfants me « kidnappent » pour mon anniversaire et m'emmènent passer quelques jours à la mer. Oh, ce n'est pas l'Inde, d'accord (j'aurais *adoré* aller là-bas, tiens, c'est l'un de mes regrets infinis), mais cela va être fantastique. Mes dernières vacances remontent à si loin ! Quand j'y pense, je me mets à danser en chantonnant et Simon lève les yeux au ciel. Et vous, quand ferez-vous votre voyage ? Où êtes-vous déjà allé ?

Je dois vous laisser, car Simon s'est encore cassé la figure en essayant de se débrouiller tout seul.

Avec toute mon affection,
Rose

PS : Venir vous voir ? Quelle drôle d'idée ! Vous avez tous les avantages et aucun inconvénient. La jeunesse de l'esprit (j'ose l'espérer) et celle de la photo, sans vous embarrasser d'une bonne femme vermoulue. Sacré nom d'une pipe, Nathan, maintenant je cours presque à la boîte aux lettres dans l'espoir de trouver quelques mots de vous, c'est insupportable ! Si je me casse le col du fémur, ce sera votre faute !
PS 2 : Garfield, vous ne connaissez pas Garfield ? Cet énorme chat roux qui passe son temps à bâfrer... notamment des lasagnes. Ses BD nous font hurler de rire.

22.

Ma chère Rose,

J'ai dû te faire drôlement peur en t'offrant mon cœur, pour que tu adoptes soudain un ton si guindé et compassé en parlant de charentaises et de col du fémur. Tu n'as pas trouvé plus cliché, comme images ?

Notre intimité existe, qu'elle soit vous ou tu, et je préfère le second pour t'exprimer mon affection. Il me donne la sensation de me rapprocher, d'entrer un peu dans ta vie. D'ailleurs, puisque tu ne veux pas me rejoindre, garde la bouteille de frênette, c'est moi qui viendrai à toi. Si je me casse la jambe en chemin, m'offriras-tu l'hospitalité à mon tour ? Je te promets d'attendre la fin de tes vacances.

Le travail du bois avance bien. Ma maison est de mieux en mieux meublée. Depuis une semaine, j'ai à nouveau une table (l'ancienne était partie, comme à peu près tous les meubles, avec mon ancienne compagne). Je la caresse du bout des doigts plus souvent que je n'y mange. Et elle voit davantage de feuilles couvertes de croquis ou de mesures que d'assiettes, mais cela n'a pas l'air de la gêner. Nous allons bien nous entendre, cette table et moi.

Où vas-tu au bord de la mer ? Tes petits-enfants et Garfield seront-ils là ? Tes enfants prennent soin de toi, cela me rend heureux.

Vas-tu me permettre de connaître tes peintures ? Envoie-moi des photos pour me faire patienter.

Parle-moi de Simon et d'Élisabeth. Quel effet cela fait-il d'avoir des amis depuis plusieurs décennies ? Si tu es si proche de Simon, pourquoi êtes-vous restés simplement amis ?

Profite de tes vacances l'esprit libre. Je ne vois aucune impasse devant nous, et je n'ai absolument pas envie de fouetter des chats. Accepte que je te fasse du bien en fendillant ta solitude, je ne demande rien d'autre. Pour l'instant…

Je plaisante, Rose, baisse les armes ! Enfin, rentre tes épines… Je vis au jour le jour en tâtonnant, sans savoir ce que je saurai arracher à demain. Je veux juste accepter et accueillir notre rencontre dans mes pas. Car cette « pulsion – instinctive – prédestinée » vibre toujours dans ma tête (puisque cœur t'effraie), et je compte bien l'écouter encore. Alors prends simplement ma main et continuons de cheminer le nez au vent, nous verrons bien la suite.

En rentrant de la plage, cours jusqu'à la boîte aux lettres. Tu y découvriras autant de mots de moi que tu le souhaites, promis, peut-être même plus. Et tant mieux si tu te casses le col du fémur, je viendrai te soigner.

Tendrement,
Nathan

23.

Cher Nathan,

Juste quelques mots sur une carte postale, assez pour te dire que je pense à TOI. La mer est magnifique, le petit blanc bien frais, les huîtres délicieuses.

J'ai réussi à battre Max au rami, c'est assez exceptionnel pour mériter d'être signalé. Et Arthur et moi avons gagné le concours de châteaux de sable. Je t'envoie une photo, mais en toute modestie, sache que c'était effectivement le plus beau. Quant à Samuel, il passe la moitié de ses journées pendu au téléphone à organiser sa prochaine exposition. Il a dû faire de tels efforts pour nous rejoindre durant ces quelques jours, sa simple présence est un énorme cadeau. Le reste du temps, il prend des photos.

Je vais t'envoyer la bouteille de frênette : tu resteras sagement chez toi et mon fémur conservera toute son intégrité (sadique !). Mais je veux bien cheminer le nez au vent avec toi. Car tu as raison, ma solitude est moins froide depuis que tu l'habites et mon amertume semble s'envoler progressivement. Je ne sais pas pourquoi, ni comment, mais peut-être es-tu vraiment ma guérison. Cela dit, tu m'asticotes de plus en plus, un jour j'exploserai avant que tu n'aies eu le temps de désamorcer la bombe.

Avec toute mon affection,
Rose

PS : Pour les photos de peinture, c'est oui. Et moi, pourrais-je avoir une photo de cette fameuse table ?

PS 2 : Tu ne m'as pas parlé de tes voyages.

PS 3 : « Simplement amis » ? C'est comme dire « riche seulement comme un Rothschild ». Simon est le pilier central sur lequel je me suis appuyée toute ma vie, inébranlable, inaltérable. Je l'aime, je l'adore, j'ai une confiance absolue en lui, il est d'une fidélité et d'une loyauté à toute épreuve. Et il a beaucoup de charme (il a toujours eu un succès fou avec les femmes). Mais ses manies (il en a un paquet, je te jure, et ça ne va pas en s'arrangeant avec l'âge !) ne m'attendrissent pas, elles m'agacent. Nous avons essayé tous les deux, tu penses, en cinquante ans, ça a failli glisser... et puis je l'ai vu en slip. Et j'ai été prise d'un fou rire ! Un slip ! Ça non, je ne peux pas, c'est rédhibitoire, rien que le mot me fait grincer des dents ! Il a fini par rire avec moi, et cela a tué tout érotisme entre nous. Je me rends compte en t'écrivant que l'histoire de ma vie tient à une paire de chaussettes et à un slip, quelle horreur !

PS 4 : Non, pas de petits-enfants. Nous quatre, comme avant. Sauf que maintenant, c'est MOI qui fais les caprices et c'est fan-ta-stique !

PS 5 : Finalement, la carte postale était bien trop petite, j'ai dû rajouter des pages ! C'est ta faute, il faut arrêter les avalanches de questions dans tes lettres, Nathan, sinon je me transforme en distributeur de réponses.

24.

Ma chère Rose,

Juste quelques mots à mon tour en accompagnement de mon paquet.
D'abord, je te souhaite un très bon anniversaire. Ta carte postale à rallonge m'a beaucoup fait rire, j'ai gardé un sourire béat accroché aux lèvres toute la journée. Et tu peux bien exploser, vu que tu m'obliges à rester à distance, je serai bien assez grand pour gérer les lointaines retombées.
Dans le colis, tu trouveras une photo de la table et d'autres de mes voyages, ceux qui m'ont le plus touché. Tu me diras lequel tu veux explorer en premier.
Ta surprise te plaira-elle ?

Je t'embrasse tendrement,
Nathan

PS : Tu sais quoi ? Je le réalise en t'écrivant : Simon m'agace, sans que je puisse dire pourquoi.

PS 2 : Je porte des caleçons depuis l'adolescence.

25.

Nathan,

Mon Dieu, comme ta lettre et ton colis m'ont chamboulée ! Je ne sais pas par où commencer. Par le plus simple, ce sera fait. Tu as vraiment fait tous ces voyages ? Il y en a tant. Alors au hasard, parle-moi de l'Afrique en premier.

Ensuite, ta table. Elle est superbe, Nathan, je l'adore. Mais cette table réclame à cor et à cri de réunir une famille. Tu dois t'y asseoir avec ta femme, entouré de tes enfants lubiesques. Tends toutes tes forces vers ce rêve.

Ton cadeau d'anniversaire m'est allé droit au cœur. C'est toi qui l'as réalisé, n'est-ce pas ? Quel talent tu tiens entre tes mains ! La danse de Shiva détruisant le monde pour permettre le retour de l'âge d'or. Un peu d'Inde est entré chez moi, grâce à toi. Quand je vois la finesse des détails, l'harmonie des courbes, je ne peux qu'imaginer le nombre d'heures que tu as passé à la sculpter. Tout ce temps passé pour me l'offrir, quand chaque minute est si précieuse, j'en suis infiniment touchée. Je l'ai placée dans ma chambre : c'est la première et la dernière chose que je vois chaque jour.

Toute cette tendresse, pourtant, me brise le cœur. Tu réveilles trop d'émotions, dans ma tête et dans mon cœur. Tu es l'homme que j'aurais voulu rencontrer, celui attendu pendant toutes ces années, mais tu as l'âge d'être mon fils ! J'ai 70 ans, Nathan, tu t'entêtes à l'ignorer. Alors au diable la coquetterie, je t'envoie une photo de moi aujourd'hui pour t'ouvrir enfin les yeux.

D'après toi, je t'ai rendu à la vie, et tu m'as promis d'être ma guérison. Alors ne me torture pas en réveillant des sentiments si doux et douloureux à la fois, laisse-moi vieillir en paix aux côtés de Simon, je t'en prie. Je ne veux pas noyer mes dernières années dans le rouge de la révolte, dans le gris de la mélancolie et des regrets. Et puis tu ne me connais même pas !

Rose

26.

Ma douce Rose,

Tu sais à quoi je pensais durant toutes ces heures où je polissais ta statuette ? Tu es mon Shiva. Tu as fait imploser mon monde afin de permettre ma renaissance.

J'ai lu ta lettre, et j'ai longuement regardé ta photo. J'ai vu tes cheveux blancs enroulés sur ta nuque (quoique toujours aussi rebelles), j'ai vu les rides sur tes joues et ton front, les taches brunes sur le dos de tes mains. J'ai vu la façon dont tu t'appuyais sur ton fils (lequel est-ce, Arthur ? Vous êtes tous les deux pleins de sable). J'ai pu imaginer tes gestes déjà précautionneux, ton équilibre parfois précaire, le rythme ralenti de tes pas. Enfin, peut-être pas après tout, tu es tellement vive.

Je sais les années qui nous séparent : j'ai bel et bien l'âge d'être ton fils. Mais je n'y peux rien. Tes mots, tes sourires, tes coups de gueule me chavirent, s'installent dans ma tête et me harcèlent. Tu t'es glissée dans chacun de mes gestes, sous mes plus infimes décisions. Tes lettres me rendent serein quand tu t'abandonnes, me blessent quand tu me fuis. Tu es devenue une obsession, Rose, vrillée dans ma vie jusqu'à en définir toutes les couleurs.

J'ai déjà ma mère et mes sœurs sur le dos, elles me harcèlent de reproches et de jugements, refusent de comprendre pourquoi j'ai quitté ma compagne. Je suis seul fautif à leurs yeux : je fais n'importe quoi et il serait temps que je rentre dans le rang. Alors n'en rajoute pas, s'il te plaît. À ton avis, cela m'amuse ? C'est un choix, tu crois ? Au moment où enfin je reprends ma vie en main et réalise ce besoin impérieux de fonder une famille, je fais exprès de vibrer pour celle qui ne peut pas me l'offrir ?

On ne se connaît qu'au travers de nos lettres, où chacun révèle ce qu'il veut. Je n'ai de toi que deux photos prises à trente ans d'intervalle, quand toi tu ne sais même pas quelle tête j'ai. Nous n'avons rien vécu ensemble, ni voyages, ni quotidien, ni vie de famille. Si l'on se promenait en se tenant par la main, on nous regarderait probablement de travers en faisant des grimaces dans notre dos. Les gens penseraient des trucs moches, jugeraient : pas normal, malsain… j'aurais forcément à leurs yeux quelque chose qui cloche.

Et moi, j'ai quoi pour m'opposer à tous ces préjugés ? Rien que cette pulsion, cette certitude inébranlable de t'avoir trouvée. Ce regard resté intact au travers de trois décennies. Ton regard m'appelle, depuis ce premier jour dans la rue où je me suis arrêté net sur le trottoir. Il a détourné mon chemin et m'a fait entrer dans une galerie pour la première fois de ma vie, et en ressortir avec toi dans les bras dix minutes plus tard. Sans une hésitation. Il m'a fait t'écrire à trente ans de distance. Chacun de tes mots, de tes sourires glissés entre les lignes, de tes larmes tombées juste à côté de la feuille pour me les cacher… Voilà mes seuls arguments.

Oser me dire que je ne te connais pas, tu devrais avoir honte ! Max serait furieux s'il t'entendait, tu le sais ? Je n'ai pas l'expérience de Simon ou Élisabeth, encore moins celle de tes enfants, d'accord. Mais ne pas te connaître… tu te moques de moi ? Tu m'as livré une autre facette de toi, une facette dévoilée à un seul homme auparavant. Tu ne ressens rien, alors ? Tu cours jusqu'à la boîte aux lettres pour tous tes amis ? Écris-le noir sur blanc avant de faire face à Max ! Ou mieux, laisse-moi venir et répète-le-moi, en me regardant droit dans les yeux. Espèce de menteuse !

Que suis-je censé faire ? Fabriquer des enfants avec la première femme qui voudra bien de moi ? Impossible, je ne pense qu'à toi. Pourquoi toi ? Pourquoi moi ? Les sentiments nous échappent, si terribles et magiques. Laisse-moi venir te voir, te toucher, te regarder sourire, connaître ta voix et la façon dont ton corps habite l'espace. Je t'imagine sans cesse et cela m'obsède, seule ta présence pourra me libérer.

Je m'adresse à toi, Rose, si vivante et généreuse, pas à la charentaise qui s'assoupit à côté de Simon. Je te propose un truc un peu fou, décalé, indécent peut-être, mais tellement excitant. Une aventure, dans tous les sens du terme, pour nous guérir tous les deux.

Si tes enfants t'inquiètent, ou tes amis, je m'en moque. Cache-moi, je m'en fiche. Vivons cachés, cela me va. Je veux seulement être près de toi.

Tu me manques,
Nathan

PS : Tu n'as jamais demandé à quoi je ressemblais, je t'envoie une photo. Je ne suis pas un pur esprit, j'ai aussi un visage, un regard, un corps. Et tant pis pour toi, tu ne résisteras pas au charme de mes yeux verts. Je crois me souvenir que cette couleur trouble tes idées, non ?

27.

Nathan,

Tu es un imbécile. Non, je ne résiste pas à ton charme, vert ou pas, ton regard est tellement fidèle à ce que tes lettres ont bien voulu me livrer de toi. En toute honnêteté, je dois l'avouer, à 30 ans, célibataire, je ne t'aurais pas résisté plus de cinq minutes.

Mais tu es stupide si tu penses que mon problème est de savoir si tu voudras bien vivre caché. J'ai tout partagé avec Simon et Élisabeth, je ne vais pas, aujourd'hui, commencer à vivre ma vie en fonction de leur jugement. Te cacher ? Tu ne te rappelles pas, nous avons déjà parlé d'amitié, et de sincérité. Heureusement, ils n'ont jamais conditionné leur affection à l'approbation de mes actes. Quant à mes enfants, cela serait sûrement plus délicat, mais ils restent secondaires. Offre-moi donc des assiettes au lieu de dire n'importe quoi, à cause de toi je n'en ai presque plus.

Les personnes que cela touche en premier sont toi et moi. Tu veux me pousser dans mes derniers retranchements ? Tu m'énerves avec Max, laisse-le où il est, de qui tient-il ce goût de l'honnêteté, à ton avis ?

Une « aventure » ? Tu enrobes ça de beaux sentiments et de poésie frémissante comme ta plume sait si bien broder ; mais en fait ce que tu me proposes, c'est une vulgaire partie de jambes en l'air pour te « libérer ». Quelle délicatesse, cela veut tout dire ! Bien entendu, je vais m'empresser de te laisser venir faire le tour du propriétaire, dresser l'état des lieux, prendre ce que tu veux et repartir léger et sifflotant, soulagé de ton obsession.

Dis-moi Nathan, comment peux-tu être si sûr d'être « guéri » par ta visite ? À cause de mes 70 ans ? Mes rides, mes cheveux blancs, ma peau patinée… L'usure de mon enveloppe physique aura donc raison de cette belle et merveilleuse rencontre ?

Il me restera quoi, à moi, après ton départ ? Ce corps de femme qui aura reçu ses dernières caresses avant la vieillesse ? La solitude de cet esprit qui n'aura pas su briller assez fort pour attendrir ton regard sur les fameux outrages laissés par le temps ?

Et tu oses affirmer être ma guérison ? Désintoxique-toi de cette lubie-là Nathan, ou je t'en délivrerai de force.

Simon ne me fait peut-être pas vibrer, mais il ne m'a jamais lacérée comme tu viens de le faire.

Va au diable Nathan !

PS : Comment puis-je te manquer, notre relation n'a jamais été présence. Et je ne suis pas douce, je suis fripée et pétardière !

28.

Rose, comment peux-tu imaginer un tel carnage né de ma tête ? Cette tête, tu la connais pourtant si bien, j'en ai exploré tous les recoins avec toi. Dresser un état des lieux ? Prendre ? Ce n'est pas moi, tu le sais ! Un imbécile, vraiment ? Je vais mettre ce terme sur le compte de ton émotion, mais cela ne marchera pas toujours. J'ai peur moi aussi !

Je ne te proposais pas une vulgaire partie de jambes en l'air, mais l'aventure, Rose. L'aventure de te connaître, de voir aboutir cette rencontre. Je ne veux pas l'achever mais au contraire lui donner toute son ampleur.

Il existe des mots pour dire ça, mais ce sont des mots que je n'ose pas écrire. Je ne me sens même pas le droit de les penser, sinon tu vas encore exploser. Tu n'es pas une fleur avec des épines mais un porc-épic ! Je ne veux rien te prendre Rose, au contraire, je voudrais pouvoir tout te donner. Simplement effleurer ta joue, entendre le son de ta voix. Ton écriture ne me suffit plus, j'ai besoin de toi. Je n'en peux plus de ce virtuel qui prend le pas sur ma vie quotidienne. Je m'use à imaginer tes sourires, les étincelles dans tes yeux, les fossettes sur tes joues quand tu me taquines. Toi, juste toi, Rose, mais en entier.

« Aventure » est un terme horriblement maladroit je le réalise. Seulement je n'ai aucune idée de notre destination et des découvertes qui nous attendent en chemin. Comme lorsque je descends de l'avion avec mon sac à dos. Tu es mon voyage, Rose, mon continent à explorer. Pas un aller-retour en TGV.

J'ai les mots au bord des lèvres, ils débordent sans cesse de ma plume mais tu refuses de les lire entre les lignes et les ignores. Ce sont pourtant des mots pleins de tendresse, ils te réchaufferaient le cœur si tu voulais bien les entendre. Mais bordel, pourquoi personne ne veut m'écouter ? J'irai au diable si tu m'y accompagnes.

Nathan

29.

Terrible Rose,

L'Afrique est trop vaste, j'aurais une crampe à la main longtemps avant d'avoir seulement pu ébaucher le sujet. Que dirais-tu de me suivre en Thaïlande cette fois ? Tu veux me faire plaisir ? Attends ce soir pour me lire, à l'heure où le soleil disparaît dans la lumière de ses derniers rayons. Enlève tes chaussures et assieds-toi pieds nus dans l'herbe. N'oublie pas de prendre près de toi un bon verre de vin rouge, et peut-être un châle, au cas où l'humidité serait un peu trop fraîche.

Alors, dis-moi, es-tu bien installée ? Si seulement je pouvais te bercer de ma voix, je te dirais de fermer les yeux pour mieux t'emporter. Mais bon, nous allons nous débrouiller comme ça. Imagine de longues plages de sable blond, bordées d'une végétation luxuriante. La mer t'apaise par son ressac incessant. Au loin, les lignes déchiquetées des rochers se découpent contre le ciel. Devant toi, tout est calme, majestueux. Oserais-je dire spirituel ? Derrière toi, un brouhaha incessant de vies humaines qui pullulent et s'entremêlent avec une densité presque étouffante. Les tuk-tuk, ces petits taxis collectifs, filent dans tous les sens au son aigu de leur klaxon. Les enfants courent partout. Les femmes hantent les marchés où les couleurs des fruits exotiques explosent sous le soleil brûlant. Les hommes s'affairent comme des fourmis. Les Thaïlandais sont un peuple très beau, avec leurs yeux sombres, leur doux sourire, leur accueil si généreux. Leur rythme est peut-être juste un peu... épuisant, étourdissant, car où que ton regard se pose, ça grouille.

Viens, accordons-nous quelques heures de calme en marchant dans la forêt. Regarde où tu mets les pieds, ici la nature est anarchique. Les chemins sont traversés de racines, ils disparaissent parfois brusquement sous des cours d'eau éphémères. Les cris des singes résonnent autour de nous. Le soleil est toujours brûlant mais ici, l'air est gorgé d'humidité. Que dirais-tu de visiter ce temple bouddhiste ? L'encens ne te fait pas tourner la tête ? Il nous faudrait des heures pour pouvoir admirer toutes ces sculptures.

Tu sais quoi ? Nous allons nous accorder une halte dans ce village isolé. Même ici, à l'autre bout du monde, nous allons boire un Coca glacé, il sera délicieux, tu verras. Aperçois-tu cette vieille femme assise devant sa maison ? Je n'ai jamais vu de visage aussi parcheminé, de sourire aussi malicieux avec les deux malheureuses dents qui lui restent. Repose-toi encore un peu, je vais jouer au ballon avec les gamins qui nous entourent comme une volée de moineaux.

Avant de repartir, va voir le grand-père en train de fumer sur cette espèce de terrasse sur pilotis. Avec ton charme, il acceptera bien de te céder ce masque en bois que tu ne quittes pas des yeux depuis notre arrivée. Voilà, ça y est, tu l'as ? Alors viens, prends ma main, il est temps de rentrer.

Nous allons passer au magasin récupérer ces robes en soie sauvage cousues sur mesure pour toi. Misère, tu te serais vue dans la boutique, passant d'un rouleau à l'autre, les yeux écarquillés, ne sachant quoi choisir, comme une enfant dans un magasin de bonbons. Après, nous irons encore manger cette soupe de lentilles tellement épicée qu'elle brûle les cordes vocales et rend aphone pendant un quart d'heure.

C'est déjà l'heure d'une dernière baignade. L'eau est chaude, même au clair de lune. Le massage de tout à l'heure t'a détendue, et pourtant je n'y croyais pas en voyant cette masseuse monter debout sur ton dos.

Le bonheur te va bien, tu es encore plus belle qu'à notre arrivée. Ferme les yeux, il est bientôt l'heure de partir. À notre retour, j'accrocherai le masque dans ta chambre pour qu'il veille sur tes rêves.

Avec toute ma tendresse,
Nathan

PS : Hors de question que je t'offre des assiettes pour ça ! Et si tu continues à bouder sans me répondre, je viendrai te voir quoi que tu en dises !

30.

Nathan,

Je suis encore toute retournée de notre voyage. Tes mots étaient merveilleux, ils se suffisaient à eux-mêmes, pourquoi m'as-tu aussi envoyé le masque ? Je l'aime déjà, mais je m'en veux de t'en priver. Quoi qu'il en soit je t'ai *écouté*. Il est accroché dans ma chambre et veille sur mes rêves.

Ce voyage tombait à pic, je venais d'avoir trois de mes petits-enfants pendant une semaine, j'étais lessivée. Là, je me sens ressourcée, apaisée, régénérée. Quand repartons-nous ?

Demain, Simon et Élisabeth viennent à la maison, nous allons remettre ça avec la frênette, notre réserve est presque à sec.

À quoi travailles-tu en ce moment dans ton atelier ? Quelle merveille sort de tes mains ? Marches-tu toujours autant ? Quand pars-tu en voyage ?

Je te joins une liste de sites Internet où tu pourras voir des photos de mes peintures, à toi d'aller te balader au gré de tes humeurs.

Je t'embrasse,
Rose

PS : Merci.

31.

Ma chère Rose si entêtée,

D'accord, nous allons essayer à ta façon, comme si de rien n'était. Raconter les bribes de notre vie en faisant semblant d'écrire à un étranger, un simple spectateur du quotidien de l'autre.

Alors voyons, quoi de neuf pendant cette horrible absence ? Je ne te savais pas boudeuse, ça ne te ressemble pas. Il faut mobiliser beaucoup plus de muscles pour faire la tête que sourire, le savais-tu ? Et cela creuse des rides très dures. Moi, je m'en fiche de tes rides, mais comme elles semblent être pour toi un sujet sensible, autant partager cette information. (Ne me fais plus jamais un truc pareil, Rose, j'ai cru me diluer jusqu'à la disparition dans ton silence – *plus jamais* tu entends ?)
Où en étais-je ? Ah oui, que s'est-il passé pendant ce temps mort ?

Ça a commencé de façon toute bête, par hasard, mais maintenant cela m'amuse. Il me faut t'expliquer depuis le début. Ma maison et mon jardin ressemblent à un coin de paradis au milieu de l'enfer urbain, quelques mètres carrés de verdure cernés de béton, survivance d'une époque oubliée. Le bout de mon jardin (tu sais, là où se trouve le banc de pierre sur lequel je m'asseyais pour te lire quand j'étais un étranger chez moi) donne directement sur la cour d'une école primaire.

L'autre jour, alors que je rêvassais sur mon banc, un ballon de basket m'a presque assommé. Tu aurais vu la tête de la maîtresse à travers la grille ! Elle était blême de trouille (je ne ressemble pourtant pas au croque-mitaine, qu'en penses-tu ?). Je lui ai rendu le ballon et nous avons échangé deux mots. En un clin d'œil, une trentaine de gamins était accrochée aux grilles et regardait les arbres, les yeux leur sortant de la tête. J'ai eu l'impression d'être un monstre à jouir tout seul de ce paradis quand leurs jeux d'enfants devaient se contenter de rebondir sur du macadam.

Bref, de fil en aiguille, mon coin de verdure si paisible a été transformé en une sorte de jardin communautaire. Chaque jour ou presque, les gamins débarquent avec leur maîtresse et plantent à tour de bras. Ils ressortent de là tout crottés avec un sourire jusqu'aux oreilles.

Mon eldorado se transforme depuis en un gigantesque terrain d'expérimentation. Leur maîtresse a essayé de structurer un peu leur enthousiasme en leur faisant aménager des espaces différents pour le potager, les plantes aromatiques et les fruits. Je ne sais pas si elle parvient à leur apprendre grand-chose (ce joyeux désordre ne m'a pas l'air très pédagogique), mais les enfants s'en donnent à cœur joie.

Les petites filles se sont réservé la partie la plus proche de la maison. Je n'ai jamais vu une telle concentration de fleurs au centimètre carré et une telle profusion de couleurs ! Et tu sais quoi ? Elles ont planté toutes ces fleurs pour me remercier de les accueillir.

Toi ? Tu as l'air de jubiler. Perchée sur ton mur, tu as la meilleure place pour observer, et manifestement tu adores ce que tu vois. Je me trompe ?

Enfin, ils se sont familiarisés avec les lieux et commencent maintenant à prendre leurs aises. Hier, j'avais deux petits gars dans l'atelier, scrutant le moindre de mes gestes. Du coup, j'ai été réquisitionné, je vais leur préparer à tous un exposé sur le travail du bois.

Comme, heureusement, ils me laissent la maison le soir et la nuit, j'ai eu le temps d'aller sur Internet. Es-tu étonnée si j'aime tes peintures ? Non, bien sûr, elles te reflètent si bien. J'ai fini de repeindre tous les murs de la maison en jaune, me permets-tu de m'en offrir quelques-unes pour les habiller ?

Tu avais raison, la frênette est délicieuse. Est-ce toi qui fais des galettes aussi bonnes ? Je ne te savais pas cuisinière. Mais bien sûr, si tu veux manger de la galette des rois en plein mois de mai, tu n'en trouveras pas à la boulangerie. La nouvelle fabrication est-elle en route ? Rien de cassé cette fois ?

Tendrement,
Nathan

PS : Que préfères-tu la prochaine fois, Florence ou Istanbul ?

32.

Cher Nathan,

Quelle idée fantastique ce jardin plein d'enfants ! Oh oui, bien sûr j'adore le spectacle, quelle question ! La maîtresse t'est probablement très reconnaissante, les gamins doivent être bien plus sages en classe avec tout ça. Les petites filles sont si douces et attentionnées ! Le charme de tes yeux verts est-t-il en cause, ou est-ce seulement le jardin ? Pourquoi n'ai-je eu que des garçons, et trois petits diables par-dessus le marché ? (Je mens atrocement, mes tiroirs débordent de dessins griffés « Pour maman » et de poèmes pleins de fautes d'orthographe et de petits cœurs).

La frênette est en pleine macération dans son tonneau, et non, cette fois rien de cassé, enfin, à part quelques assiettes, mais Simon m'avait vraiment énervée. Rien que de très banal, cela fait soixante ans qu'il me fait régulièrement casser de la vaisselle. Quant à la galette, c'est Élisabeth qui l'a faite pour toi, c'est elle le cordon bleu.

Je t'envoie une invitation, une exposition de photos qui a lieu près de chez toi. Samuel y présente des œuvres, si tu veux aller y faire un tour. Eh oui, que veux-tu, il a grandi à l'ombre de la photo de Philippe, a su que l'argent de ses études venait du fameux chèque soigneusement placé pour eux trois. Alors ma foi... Cela a fait naître une vocation. Il a d'ailleurs accompli son premier stage chez Philippe, qui l'a accueilli à bras ouverts. Mais c'était il y a bien longtemps, maintenant il a fait son chemin. Même si j'ai conscience de ne pas être très objective, j'adore son travail et le regard qu'il porte sur le monde.

Au fait, jaune, c'est bien, c'est lumineux. Je trouve que des murs blancs sont froids et impersonnels. Mais jaune, oui, ça me plaît, c'est gai.

Affectueusement,
Rose

PS : Florence ou Istanbul ? Faut-il vraiment que je choisisse ?

PS 2 : Je ne boudais pas, j'étais furieuse, et horriblement blessée. Enfermée dans ma tanière, à l'abri de tes mots. Et c'est facile de se moquer des rides quand la jeunesse reflète encore un teint frais et lisse dans le miroir !

33.

Ma douce Rose,

Râle, je m'en fiche, la douceur, c'est ce que tu apportes à ma vie quand tu ne la chamboules pas de fond en comble.

Je t'avais dit vouloir m'offrir des toiles de toi, et tu m'en envoies cinq ! Cette émotion en les déballant ! Tu m'as fait perdre le nord, j'erre comme une âme en peine entre les pièces, ne sachant où perdre ma contemplation entre tes toiles et tes photos. Mais irrésistiblement un certain rythme paraît s'installer. Chaque toile adopte son heure préférée pour me captiver, me baladant d'une pièce à l'autre, chacune à son rythme. D'accord, je ne me défends pas beaucoup.

Tu crois que je ne te vois pas venir avec tes gros sabots ? Oui, la maîtresse a mon âge, oui elle est célibataire, oui elle est très jolie, et oui elle me fait les yeux doux. Je peux t'affirmer en toute honnêteté que j'ai vraiment essayé, je te le promets, j'ai joué le jeu. Je l'ai même invitée à dîner au restaurant, trois fois. Je n'ai rien à lui reprocher. Elle est drôle, adorable, passionnée... mais rien ne vibre en moi, et ça, ça ne s'invente pas, n'est-ce pas ? Alors range tes aiguilles à tricoter, je n'aurai pas besoin de brassière jaune poussin dans l'immédiat.

Samuel t'a-t-il appelée ? Nous avons passé une soirée aussi excellente que surprenante. Cinq minutes après les présentations, nous étions copains comme cochons. Je lui ai acheté deux photos et lui m'en a offert deux (est-ce une maladie, chez vous, d'offrir vos œuvres ?). Rassure-moi, Maxime et Arthur ne créent pas quoi que ce soit à accrocher au mur ? Parce que je n'en ai plus un seul de libre !

Le vernissage terminé, il est venu chez moi, il voulait voir l'original de Philippe. Nous avons passé une nuit fabuleuse, au cours de laquelle nous avons beaucoup parlé de... toi ! Il voulait savoir comment nous nous connaissions, depuis quand, pourquoi... Je lui ai tout raconté, sauf cette prétendue « lubie » dont tu veux absolument me guérir malgré moi. Mais il a deviné, je pense, il est aussi intuitif que toi. Quand il a vu tes toiles, j'ai presque entendu son cerveau faire « tilt ». Il m'a jeté un regard perplexe, puis désarçonné et a gardé le silence un bon moment. Puis tout à coup ce sourire si... joyeux s'est épanoui sur son visage. Il m'a serré dans ses bras sans rien dire. Il a passé les heures suivantes à me raconter ta vie et quelle mère tu étais.

As-tu la moindre idée de la dévotion que te portent tes fils ? Ils t'aiment et t'admirent tant. Si tu m'envoyais Samuel pour me démontrer mon erreur, me mettre mal à l'aise face à lui avec ce mélange de génération, tu t'es mis le doigt dans l'œil jusqu'au coude. N'importe quel homme s'attacherait à la femme décrite par Sam, surtout quand elle coïncide si bien avec celle que je connais. Je vais me tatouer « Rose » sur le cœur !

Envoie-moi donc à nouveau de la frênette maintenant que le stock est reconstitué. Samuel doit repasser me voir bientôt et nous avons regretté de ne pas en avoir pour accompagner nos bavardages.

Il y a peu, tu finissais ta lettre en m'embrassant. J'ai dégusté ces mots en silence. Aujourd'hui, c'est mon tour de t'embrasser. Tendrement.

Nathan

PS : Qu'ont donc ces toiles de si spécial pour qu'il réagisse comme ça ?

PS 2 : Pourquoi casses-tu des assiettes chaque fois que tu t'énerves ? Ton budget vaisselle doit être impressionnant.

PS 3 : De quelle couleur sont tes murs ?

PS 4 : Relis mes lettres, tu verras que tu t'es blessée toute seule. Et je ne me moque pas, je dédramatise, c'est utile quand on a toute une vie à reconstruire et qu'on ignore par quel bout la prendre.

34.

Nathan,

Oui, je me suis mis « le doigt dans l'œil jusqu'au coude », comme tu dis si bien. Je pensais que cette admiration béate leur avait passé avec l'âge, mais apparemment, ils ont juste appris à me la cacher. Ne crois pas les fadaises de Samuel, c'est un artiste atteint d'un incurable romantisme, il n'a jamais été capable d'aligner deux pensées raisonnables de suite. Il vit dans un monde éthéré où tout est possible et où nos actes n'ont pas de réelles conséquences. J'ai beau essayer de couper le cordon ombilical depuis plus de trente ans, il le rattache toujours avec un double nœud.

Comme il se trouve qu'il est aussi têtu comme une mule, il t'apportera la prochaine fois deux caisses de frênette, car apparemment il se met à son tour à avoir des lubies. Monsieur a décidé d'emmener avec lui ses frères. Tu risques donc de voir débarquer la fratrie au grand complet.

Jusqu'au coude, tu disais ? Tu es loin du compte. Je t'en prie Nathan, arrête d'écouter ces sornettes et poursuis ta recherche. Le cerveau de Samuel ne fait pas « tilt », il ne fait rien du tout, c'est un défaut de fabrication.

Quant aux toiles, je ne vois pas ce que tu veux dire. Ce sont juste des toiles de ma réserve que je t'ai envoyées quand tu m'as parlé de mes peintures.

Je recommence à casser de la vaisselle, vous m'agacez tous les deux avec vos bêtises.

Rose

PS : Tu recommences avec tes avalanches de questions. Il est toujours permis d'espérer que tu finisses par retrouver le sens commun, peut-être en faisant « tilt », et j'ai horreur de tricoter.

PS 2 : Tu n'as jamais essayé ? Quand quelque chose t'énerve, te blesse, te révolte, quand ta colère te remonte dans la gorge... Au lieu de la laisser t'étouffer, tu n'as jamais essayé de casser des assiettes (ou toute autre chose qui te tombe sous la main, mais j'ai une préférence pour les assiettes, je ne sais pas pourquoi – un meilleur son, peut-être) ? Ça ne règle pas le problème, mais qu'est-ce que ça fait du bien !

PS 3 : Mes murs... Comme pour la musique, c'est assez éclectique. Rouge dans ma chambre, bleu ciel dans le salon, jaune dans la cuisine, orange dans la salle de bains (ça donne bonne mine !), mauve dans mon atelier.

Et les chambres des enfants sont restées telles qu'ils les avaient choisies : multicolore chez Samuel, jaune-vert dans celle Arthur et... Max en blanc, parce qu'il s'en servait comme tableau pour ses calculs. Il y fait encore des équations quand il vient en vacances et comme ses enfants le voient, ils se mettent à dessiner sur tous les murs de la maison. Ce qui fait hurler Simon car c'est lui qui fait les retouches après leur départ !

PS 4 : Un tatouage est sexy à 35 ans, mais à 70, il sera moche et je serai morte depuis longtemps. Tu ne te lasses donc jamais de dire des âneries ?

35.

Rose,

Samuel m'a au contraire fait l'effet d'un homme très intelligent et sensé.

Je t'adore,
Nathan

PS : Même sur le papier tu mens très mal, mais il y aura bien un de tes fils pour me dire ce que ces cinq toiles ont de particulier.

36.

Maman,

Tu es une petite cachottière ! J'ai rencontré Nathan, et ne me raconte pas de bobards à moi, j'ai vu quelles toiles tu lui avais offertes ! Tu verrais comme il s'emballe dès qu'il parle de toi ! Bon, d'accord, c'est vrai : il est jeune. Mais après tout, tu n'as jamais rien fait comme les autres, c'est rassurant si tu continues, ça doit être un signe de bonne santé.

Ça me fait bizarre qu'il y ait un homme dans ta vie. Si je réfléchis c'est plutôt une bonne chose, sauf que… il est si jeune ! Ça gargouille un peu dans ma tête. Une petite voix chuchote « ce n'est pas bien », mais je n'ai jamais su, pu ou voulu te juger, alors je m'efforce de basculer de « pas bien » à « différent ». En plus, impossible de définir ce « pas bien ». Où peut être le mal dans des sentiments partagés ?

Arthur ne s'embarrasse pas de tous ces doutes. Il parle à tort et à travers de préjugés obsolètes et de barrières bien-pensantes et castratrices : le cancer de l'épanouissement de l'être humain, paraît-il. Je ne comprends rien à ce qu'il raconte, comme souvent, il est un peu cinglé, je l'ai toujours su. Mais je te transmets son message : n'aies aucun complexe, il voit tous les jours des bonnes femmes plus jeunes et bien plus décaties. Il t'encourage donc à profiter de ce que la vie a mis sur ton chemin.

Max… tu connais Max. Disons… Il ne prend pas très bien la nouvelle, il trouve que ce n'est peut-être pas très normal, et veut venir te voir pour en discuter.

J'aime pas ces histoires Maman, ça me fiche le bourdon. Tant mieux si tu n'es plus seule. Es-tu heureuse ? Simon doit être effondré. Au fait, qu'est-ce qu'il en dit, ton vieil amoureux ? Je n'ose même pas imaginer les discussions sans fin entre Lisbeth et toi… Avez-vous encore un peu de salive ?

Je t'embrasse très fort, et promis je viens bientôt te voir.

Sam

PS : Dis maman, tu peux prendre les enfants pour les prochaines vacances ? Papi Nathan pourrait t'aider à les garder, ça te fatiguerait moins !

37.

Samuel,

Nom d'une pipe, tu ne changeras donc jamais ? Tu ne pouvais pas garder ça pour toi, il te fallait absolument en parler à tes frères ? Je vous ai tous les trois sur le dos, maintenant ! Et déblatérer sur moi avec Nathan, c'était indispensable ? Vous êtes tous les trois des idiots. Tu m'as fait pleurer comme une madeleine avec ta fichue lettre, je ne suis pas sûre d'avoir été une si bonne mère pour mériter tant d'amour.

Vous avoir a été un tel bonheur, et Nathan veut des enfants. Si tu ne comprends pas en quoi cela pose un problème, demande à ton frère, il est médecin, il devrait pouvoir t'éclairer.

Quant à Max, je sais à quel point tu édulcores sa réaction, je n'ai pas besoin de beaucoup d'imagination : il fait tomber sur ma tête son jugement implacable. Ses colères ne me font pas peur, l'élève n'a pas encore dépassé le maître. S'il le croit c'est juste parce qu'il s'amuse à taper sur de pauvres types entre quatre cordes. Ne lui dis rien, reste à l'écart mon Sam, je vais voir ça directement avec lui. Mais avertis Arthur : s'il sous-entend encore que je suis décatie, je l'enferme dans ma cuisine jusqu'à ce qu'il ait fini de réparer les dégâts de la dernière fois (Simon avance lentement).

Laissez donc Lisbeth et Simon tranquilles avec cette histoire, ça fait bougonner Simon encore plus que d'habitude et non, Lisbeth et moi n'avons plus de salive.

Fichez-moi la paix, tous les trois, je vous aime,
Maman

38.

Bonjour Maxime,

D'après Sam, tu comptes me rendre visite dans le but de me remettre les idées en place. Tu es toujours le bienvenu chez moi, mon fils, et te voir est chaque fois un bonheur. Je t'aime du fond du ventre, pour toujours et en toutes circonstances.

Par contre, tu seras bien aimable d'enlever de ta valise les jugements et leçons de morale que tu as l'intention de me servir. Ne t'en déplaise, je n'ai aucun compte à te rendre sur mes choix de vie. Tant que tu as eu besoin de moi pour te construire, j'ai été là, accrochée à mes devoirs et responsabilités par amour envers toi. Je t'ai donné tout ce que j'ai pu, souvent plus. De tes premiers pleurs de bébé jusqu'à tes erreurs d'adulte, je t'ai accompagné et soutenu pas à pas, et si je me suis trompée parfois, je n'ai jamais failli.

Je me suis dévouée à vous trois : je l'avais décidé en vous mettant au monde. À chaque contradiction entre vos besoins et les miens, j'ai fait passer votre bien-être avant sans hésiter ni même y penser. Parce que je suis votre maman : c'est la seule façon d'aimer possible à mes yeux pour une maman.

Maintenant tu es un grand garçon : autonome, marié et père. Je resterai toujours une partie de ta vie, mais je n'en suis plus le moteur depuis longtemps. Tu vas donc me faire le plaisir de me laisser la responsabilité de disposer comme je veux de cette liberté. Et accepter, même si tu ne les comprends pas, les décisions que je prends.

Si toutefois tu veux t'arroger le droit d'être le censeur de mes compagnons de vie, alors il te faudra assumer le devoir qui va avec, et venir combler cette solitude que tu veux m'imposer. As-tu envie de me tenir la main pour réchauffer mes longues soirées d'hiver ou animer mes mornes dimanches ? Je ne pense pas.

Laisse-moi donc les habiter de la façon dont je le souhaite, une maman heureuse est une maman sur laquelle un fils n'a pas à veiller d'aussi près.

Nathan n'est peut-être pas l'homme « qu'il me faut », cette histoire peut-être pas tout à fait « normale ». Cela ne la rend pas forcément mauvaise pour autant, et j'ai le droit de réfléchir à essayer ou non ce chemin, quitte à reconnaître mes erreurs par la suite.

Je fais de mon mieux pour rester fidèle à moi-même et à mes convictions, c'est déjà beaucoup. Je te promets que la lutte est âpre entre ce que je veux et ce que j'estime juste. Ne m'accable pas davantage, je t'en prie Max.

Je t'embrasse mon fils,
Maman

39.

Nathan,

Arrête de me parler de mes fils, ils me cassent les pieds depuis quarante ans, et c'est encore pire maintenant que Samuel te connaît, ils me harcèlent de questions au téléphone. Change-moi plutôt les idées, j'ai le moral en berne.

Simon ne va pas bien, pas bien du tout. J'ai essayé de le secouer un peu, mais il a branlé du chef avec un sourire triste et son air « tu-comprendras-quand-tu-seras-plus-grande » (il m'énerve quand il prend cet air-là, tu ne peux pas t'imaginer !). Il dit qu'à 78 ans, il est fatigué. Plus grand-chose ne l'intéresse aujourd'hui (à part me mettre en rogne, apparemment). Il ne veut pas aller voir son médecin, sous prétexte qu'il n'existe pas de traitement contre la vieillerie. J'en ai eu marre de l'entendre radoter, alors j'ai fait sa valise et je l'ai installé chez moi. Élisabeth est venue nous faire la cuisine, et on s'en est mis plein la panse. Sauf Simon qui a passé son repas à chipoter dans son assiette comme un môme.

J'ai piqué une colère terrible, si tu m'avais vue ! Je n'ai plus que trois assiettes et une poignée de verres, et nous avons mis une heure à sortir de la cuisine. J'ai claqué la porte tellement fort, la poignée m'est restée dans la main. J'ai dû passer par la fenêtre pour aller ouvrir de l'autre côté.

Heureusement Élisabeth était là quand Simon est allé se coucher, car j'étais une vraie fontaine. Simon et moi nous sommes connus quand j'avais 10 ans. Il était déjà grand, tu penses, 18 ans, mais il me construisait des cabanes dans les arbres. Et maintenant, il voudrait me laisser tomber parce qu'il est *fatigué* ? D'habitude, Élisabeth trouve toujours des mots de réconfort, mais là, elle m'a souri d'un air triste : elle ressent la même chose.

Fatigué, fatiguée, ils m'énervent avec ça, je suis fatiguée, moi ? Qu'ils fassent donc une cure de gingembre, on aura bien le temps de se reposer quand on sera morts. Oh, je déteste cette nostalgie poignante qui décolore nos vieux jours !

Mes trois garçons viennent te voir ce week-end. Prends bien soin d'eux, Nathan, car si ça continue comme ça, ils seront bientôt tout ce qu'il me restera. Profitez bien, tous. Le temps d'une vie passe si vite.

Tendrement,
Rose

PS : Ne me demande pas pourquoi, Simon a voulu ton adresse mail (son arthrose l'empêche d'écrire à la main). Je me suis permis de la lui donner. J'espère que tu ne m'en voudras pas de l'avoir fait sans ta permission.

40.

Nathan,

Depuis presque soixante ans, je veille sur Rose, et ce n'est pas une sinécure. Plus d'une fois, j'ai été bien content qu'Élisabeth soit là pour m'épauler. Elle est têtue comme une mule, complètement imprévisible, affreusement pétardière, désordonnée au possible (et elle ose dire que Samuel est tête en l'air. À côté d'elle, il est maniaque !). Une vraie gosse (oui, je sais, d'après elle Arthur ne sera jamais un adulte, mais personne ne se demande de qui il tient). Elle est tout ça et absolument merveilleuse.

Depuis soixante ans, je l'aime à côté, la regarde vivre à la seule place qu'elle a bien voulu me donner, celle de l'ami. J'ai tout accepté afin de préserver cette amitié. Son mariage avec un autre, ramasser les morceaux à sa mort. Le rôle de tonton auprès de mes trois affreux lascars. Les amants de passage. Je me consolais : même tenu à distance, j'avais pourtant le privilège d'être celui qui reste, indéboulonnable. Comme elle ne donnait à aucun autre ce qu'elle me refusait, être le phare de sa vie me suffisait, même si j'ai toujours voulu plus. C'était le prix à payer pour vivre auprès d'elle.

Plus d'une fois je me suis presque convaincu de partir. Le jeu n'en valait pas la chandelle, en tout cas j'avais perdu la foi. Je n'ai pas su me décider jusqu'à ce jour. C'est trop tard pour moi, mais je m'en fiche. Parce qu'à dire vrai, j'en ai marre de fabriquer de la frênette, visiter un musée me barbe, même les meilleurs plats d'Élisabeth me paraissent insipides, jusqu'à la musique classique qui ne m'intéresse plus. Bref, j'estime avoir fait le tour, j'aimerais bien passer à autre chose.

Sauf qu'il y avait elle, cette impossible bonne femme à laquelle je suis enchaîné depuis plus d'un demi-siècle : il était hors de question de la laisser seule. Va savoir ce qu'elle serait encore allée imaginer comme ânerie sans personne pour veiller sur elle. Je ne pouvais même pas la confier à ses fils : ils sont aussi cinglés qu'elle, ils la vénèrent et approuvent tout ce qu'elle fait. Même si Max lui secoue parfois un peu les branches, il finit toujours par revenir dans son ombre.

Quand elle a commencé à me parler de toi, je n'ai pas vraiment fait attention. Mais vos lettres ont continué leurs allers-retours, et je l'ai vue changer. Elle casse beaucoup moins d'assiettes, elle est plus douce, plus apaisée. Elle s'enferme moins souvent et moins longtemps dans sa maison. Son pas est plus léger, elle fait moins de bêtises, elle semble plus forte.

Elle n'est plus seule.

J'ignore ce qu'il y a eu entre vous à son retour de la mer, mais il s'est passé quelque chose.

Elle a enlevé son alliance. Après trente longues années.

Et ça, vois-tu, je ne peux l'accepter. Tu es la goutte d'eau qui fait déborder mon océan de regrets. Votre relation est ridicule, elle n'a aucun sens. C'est inconvenant, mais elle s'est toujours moquée des convenances. C'est indécent, mais la morale n'a jamais été son histoire. C'est malsain et scabreux. Qu'as-tu dans la tête pour t'amouracher d'une vieille femme ? Au lieu de lui écrire des romans, tu ferais mieux de remettre de l'ordre dans tes idées.

J'ai subi beaucoup, mais j'atteins là mes limites. Le « bon vieux Simon » rend son tablier. Si je suis jaloux ? Bien sûr. Pendant soixante ans, j'ai pris soin d'elle, je l'ai protégée, accompagnée, soutenue. Pendant soixante ans, elle m'a vue comme un canapé confortable où se reposer entre deux éclats de vie. Et toi, tu débarques avec un stylo entre les dents et veux me prendre ce que j'ai protégé pendant si longtemps ?

Je ne vais pas rester là à vous regarder vivre ce qui aurait dû m'appartenir. Tu la veux ? Prends-la, ce dernier coup qu'elle m'assène m'écœure et me donne enfin l'envie de me libérer d'elle. Elle m'a fait croire toutes ces années qu'elle était unique, parée de différences merveilleuses et irremplaçables. Aujourd'hui, mes yeux se dessillent : c'est une femme comme les autres, avec ses qualités et ses défauts, banals à pleurer. Elle t'aime, débrouille-toi avec ça, aujourd'hui je m'en fiche. J'aurais tout donné pour recevoir ce trésor, et toi tu le gagnes en te contentant d'exister. C'est injuste.

Je vais partir loin, le plus loin que je pourrai, et essayer de rire de cette vie gâchée à l'attendre. Sinon l'amertume qui m'empoisonne me suivra dans ma tombe.

À cet instant précis, je me sens libéré, comme si j'avais enfin déposé un fardeau dont je n'avais même plus conscience.

Simon

41.

Ma douce,

Tu vas te laisser aller et je choisirai pour toi. Il fait encore chaud ce soir, nous mangerons légèrement. Un risotto aux parfums envoûtants suffira, avec un peu de ce chianti qui nous chavirera le palais et le cœur. À Florence les étoiles brillent autrement, n'est-ce pas ? Tu es superbe à la lumière des bougies, et tes yeux brillent encore des beautés de la journée. Tes cheveux bouclent comme un Botticelli, c'est si joli.

Après le dîner, nous irons écouter un concert lyrique au baptistère, et nos yeux se perdront dans les mosaïques dorées de la voûte. Si en rentrant tu te sens lasse, tu pourras t'appuyer sur moi, Michel-Ange m'a prêté les muscles de son David. Nous nous reposerons dans cette grande chambre aux murs blancs et aux vieilles tomettes polies, la fenêtre entrouverte laissant les rideaux transparents voler dans le souffle de la nuit.

Demain, après le petit-déjeuner dans le patio, nous retournerons dans ce musée fascinant, nous régaler de la virtuosité de ces artistes réalisant des tableaux d'une telle beauté avec des lamelles de pierres dures. Peut-être nous offrirons-nous cette boîte au couvercle orné d'un bouquet de fleurs si réelles qu'on pense pouvoir en sentir le parfum en s'approchant. À notre retour, tu y rangeras toutes nos lettres, et tu te perdras dans sa contemplation en essayant de retrouver le nom de chaque pierre.

Bien sûr, nous irons déambuler le long du Ponte Vecchio, admirer les échoppes des bijoutiers, après avoir revu les fresques de Fra Angelico que tu as tant aimées.

Ferme les yeux, laisse-toi bercer par la musique et la joie de la langue italienne. Il est temps de faire une provision de jambon prosciutto et de parmesan. Nous les prendrons au marché, déambulant entre les étals en mangeant des olives aux poivrons, les doigts pleins d'huile et de soleil.

Là-bas, tu oublieras le froid dans l'étreinte de mes bras, à l'abri de ta peine. Rose, je te serrerai si fort que ton chagrin se heurtera à mon dos, je serai ta muraille.

Avec toute ma tendresse,
Nathan

42.

Ô Nathan,

Béni sois-tu d'être entré dans ma vie !

Notre échappée en Toscane m'a emplie de tant de forces, j'ai retrouvé l'allant de mes 20 ans.

J'ai même réussi à faire rire Simon. Mon Dieu, que c'était bon de l'entendre rire ! Nous avons passé tous les trois une journée merveilleuse, fantastique, loin de nos âges et de nos chagrins, aussi pleinement vivants et heureux qu'un demi-siècle plut tôt. Une journée hors du temps, magique, c'est à toi que nous la devons.

Simon a ri, ri à gorge déployée, et ses yeux brillaient tellement, oh tellement fort !

Toute ma tendresse ne suffira pas,

Rose

PS : Toutes tes lettres tiennent parfaitement dans le coffret qu'effectivement j'admire pendant des heures. Ne serais-tu pas en train de vider ta maison et de coloniser la mienne ?

PS 2 : Mille mercis pour la caisse d'assiettes !

43.

Simon,

Je ne te connais pas, et ne peux pas te prendre ce que tu n'avais pas. Rose ne t'a rien fait croire : *tu* l'as aimée. Elle n'a pas changé je crois, mais ton regard, si.

Chacun de nous est banal. Nous sommes uniques par la grâce du regard porté sur cette personne et cette vie que nous essayons de construire, sans savoir à l'avance l'image qui en ressortira. Seul l'amour permet de savourer l'autre comme un assemblage d'épices et de douceurs, d'étincelles et d'obscurité, dans un déséquilibre qui n'est parfait que parce qu'il s'emboîte exactement avec ce dont nous avons besoin à un moment donné. Cela dure parfois toute une vie.

Je comprends ta souffrance, mais elle ne te donne pas le droit de me juger. Pourquoi indécent ? Réagirais-tu pareil, si c'était moi le plus âgé ? Notre société accepte très bien le décalage d'âge, à condition que ce soit l'homme qui grisonne. Tu es son ami depuis soixante ans, tu n'es donc pas aussi borné, j'ose l'espérer.

Malgré tout ce qui nous sépare et nous éloigne l'un de l'autre, je suis incapable de dévier ma trajectoire. Tu nous juges par ce « malsain » accusateur. J'y vois notre part d'injustice : pourquoi croiser nos chemins si c'est pour les truffer d'interdits ? Je n'aurai pas de réponse. Je ne peux changer le comment, alors je l'exclue de notre histoire. C'est Elle, et aucune contrainte ou soustraction à ce que nous aurions pu vivre ne me fera regretter d'être parti à sa rencontre, armé de mon stylo.

Je prendrai soin de Rose tant qu'elle voudra bien me laisser faire.

Je te souhaite de trouver la paix.

Nathan

44.

Rose,

La rencontre avec Maxime a été houleuse. Sans Sam et Arthur, j'aurais testé ses talents de boxeur. Nom de dieu, Rose, il est aussi impulsif et explosif que toi ! Vous êtes fatigants à foncer dans le tas avant même de discuter. Finalement, je suis heureux de te rencontrer apaisée par le temps et l'expérience (c'est tout relatif). Je t'aurais connue aussi virulente que lui, je serais parti en courant. Comme quoi la vie nous réunit au bon moment, quand nous sommes prêts l'un pour l'autre.

Il a fini par se calmer et nous avons pu commencer à faire connaissance. Nous devrions apprendre à nous apprécier ; du moins à nous accepter mutuellement comme les pièces disparates d'un puzzle qui contribuent à dessiner ton univers.

Arthur est un peu spécial, j'avoue peiner à le suivre tant il remet spontanément et systématiquement en question tous les postulats qui forgent notre vision du monde et de l'existence. Notre relation l'a fait philosopher jusqu'à des sommets dont j'ai littéralement décroché. Je pensais avoir simplement fait une rencontre bouleversante, c'est paraît-il un pas en avant pour la cause des relations humaines libres de tout préjugé, condition *sine qua none* de notre épanouissement collectif. Il était ravi d'éveiller ma conscience... Max a d'ailleurs frisé l'apoplexie en l'écoutant, mais Arthur avait apporté des vins absolument incroyables pour nous aider à digérer ses élucubrations (le dimanche a d'ailleurs été un peu migraineux).

Maxime étant ce qu'il est, cette sorte de monolithe sans aspérités ni compromis, sa logique exige maintenant que nous soyons tous réunis : tu es l'origine de ce cercle, tu n'as pas le droit de rester en-dehors. Sur ce coup-là, je suis bien d'accord avec lui. Nous te proposons donc d'organiser un week-end à la mer : tes fils et leurs femmes, tes petits-enfants. Et moi. Tu voulais être enveloppée de douceur ? Laisse-nous fabriquer un cocon où tu pourras te nicher pour les années à venir. Quoique... Je ne suis pas convaincu que Max soit très doué, côté douceur. Je t'en donnerai triple dose pour compenser.

Je t'en prie, accepte de me voir. Je tiendrai ta main et me roulerai dans le sable avec tes petits enfants. Et je serai le plus heureux des hommes. Entourée de tes fils, que risques-tu ?

Tendrement,
Nathan

PS : Tu as peint ces toiles des années après la mort de leur père, et les as appelées ton exorcisme. Avec elles, enfin, tu as accepté de tourner la page et de mettre fin à ton deuil. Voilà les révélations de Max. Et maintenant je devrais rester sagement chez moi en me contentant d'un « non » ?

45.

Oh mon Dieu Nathan, Simon est parti ! Tu entends, mon Simon, parti ! Quelle horreur d'avoir à écrire ces mots ! Quelle douleur indicible !

Il m'a quittée depuis quelques heures à peine, et il me manque tant ! Une dispute terrible nous a opposés, je ne l'avais jamais vu aussi furieux. Cette fois c'est lui qui a cassé toute ma vaisselle, tu te rends compte ? Lisbeth a gardé les yeux baissés. Quand il est parti en claquant la porte, je lui ai demandé son avis, et même si elle n'est pas en colère contre moi, elle pense qu'il n'a pas tort.

Est-ce vrai, Nathan ? L'ai-je utilisé durant toutes ces années sans me soucier de le meurtrir ? J'ai détruit sa vie par mon aveuglement ! Quel être humain suis-je, d'avoir pu prendre à la légère ce sentiment si précieux qu'il me portait, de l'avoir utilisé pour l'enchaîner à moi sans lui laisser la moindre chance de rencontrer une femme à même de lui donner ce que je lui refusais ? Je suis un monstre, Nathan. J'ai pris une partie de lui en dédaignant le reste, le condamnant à la solitude qui me torture depuis si longtemps. Le bonheur était donc là, sous mes yeux, pendant soixante ans !

Pour qui vais-je casser des assiettes ? Quel éclat de rire m'entraînera dans sa joie ? Et lui, que va-t-il devenir, tout seul, à errer je ne sais où quand il est si attaché à ses petites habitudes et ses rituels ?

Oh, Nathan, sa souffrance me déchire ! Toutes ces années, nos complicités, nos bonheurs, enfuis ! Je me sens bancale, toujours sur le point de tomber. Je n'ai plus de fondations pour me soutenir, plus de pilier sur lequel m'appuyer. J'ai froid, si froid, il a dû emporter le soleil d'été avec lui. Comment va être l'hiver à venir ? Je ne veux pas vivre cet hiver, je déteste l'hiver.

Voilà, Nathan, voilà ce que Simon m'a fait en m'abandonnant. Je sens le mot éclore dans ma tête, et j'ai beau essayer de me débattre, je sens mes forces me quitter. Il est parti, emportant nos deux vies et me laissant cet énorme fardeau qui m'écrase.

Je suis fatiguée, Nathan.

Rose

46.

Tu n'es pas un monstre, interdiction formelle de dire un truc pareil, Rose ! Simon n'a peut-être pas choisi de t'aimer, mais il n'était pas obligé de rester auprès de toi et d'attendre. Il était le seul à pouvoir prendre le parti de s'éloigner s'il voulait construire autre chose.

Tu n'aurais pas connu le bonheur auprès de lui, mais le confort. Est-ce agréable ? Oui, mais ce n'est pas *vivre*, c'est même toi qui me l'as appris. Ta solitude aurait été la même : vivre à côté de quelqu'un n'est pas *vivre avec quelqu'un*, crois-en mon expérience. Aucun slip n'a jamais décidé de vos vies. Si tu avais pu l'aimer, il t'aurait suffi de lui acheter une palanquée de boxers pour régler le problème.

Rose, je t'en prie, laisse-moi venir ! Le départ de Simon n'a aucun sens si nous restons loin l'un de l'autre et je ne veux pas te savoir seule avec une peine si lourde.

Je vais venir t'aider à la porter. Je serai le pilier dont tu as besoin pour t'appuyer, tu ne tomberas pas. Je te porterai jusqu'à effacer la fatigue, te réchaufferai en attendant le retour du soleil. Tu n'auras pas froid dans mes bras. Tu fermeras les yeux et je te parlerai d'Istanbul, de l'Afrique, de tous les voyages que tu veux.

Je veux être près de toi. Te réconforter. Te voir sourire. Soupirer après les taches de peinture sur mes vêtements quand je m'assois sur le canapé près de toi. T'entendre râler. Te regarder couver tes petits. Sursauter quand tu casses une assiette. Finir de repeindre ta cuisine. Me chamailler avec toi (je n'aime pas Nirvana). Apprendre à préparer une galette des rois avec Lisbeth. Tenir ta main dans une salle de musée. Et chaque jour, poser mon premier et mon dernier regard sur toi.

S'il te plaît, Rose, laisse-moi prendre soin de toi.
Nathan

47.

Nathan,

Quel homme merveilleux et obstiné tu es ! Ta lettre m'a encore fait pleurer. Pourquoi es-tu entré dans ma vie si tard ? Si jeune surtout ?

J'ai une prière. Ne me bouscule pas maintenant. Je tiens à peine debout, mais je sais une chose. Je veux le meilleur pour toi et ne pense pas pouvoir te l'apporter. Je suis à terre, et comme j'aimerais pouvoir tout oublier dans ta chaleur ! Mais une fois réconfortée par toi, oh mon Dieu comme je m'en voudrais d'avoir cédé par faiblesse dans la souffrance !

Alors accorde-moi du temps, laisse-moi retrouver mes esprits. Souffler un peu avant de reprendre notre débat.

Je sais, je te demande quelque chose d'énorme. Mais en échange je te donne un peut-être. Peut-as-tu raison, peut-être devrions-nous accepter ce que la vie nous a offert, même si cela implique des sacrifices terribles.

S'il te plait.
Rose

48.

Rose,

Arrête de me faire tourner en bourrique ! Les sacrifices sont là. Simon est parti. Lisbeth ne claque pas la porte mais n'en pense pas moins. Tes fils sont dans le bateau, et même s'ils ont un peu le mal de mer, ils acceptent de t'accompagner dans ce voyage. Toutes les conséquences possibles de notre rencontre se sont réalisées.

Tu parles de faiblesse, tu t'obstines à croire que ton rôle est de me protéger, de me tenir à distance pour me permettre de réaliser je ne sais quel rêve.

Mais j'ai beau avoir la moitié de ton âge Rose, je suis un homme. Arrête de me traiter comme un enfant ! Je suis suffisamment grand pour décider moi-même de ce que je veux et estimer le sacrifice acceptable ou non.

Pourrai-je fonder une famille et avoir des enfants avec toi ? Non. Mais j'ai 35 ans, ma décision n'est pas irrévocable. Ni toi ni moi ne savons ce que la vie nous réserve. Peut-être l'un de nous mourra dans quelques mois, réduisant à néant tes bonnes résolutions et ne laissant que ce regret assassin d'être passés l'un à côté de l'autre. Peut-être une fois face à face perdrons-nous cette vibration qui nous attire irrésistiblement l'un vers l'autre.

Ou peut-être passerons-nous les années à venir à vivre quelque chose de beau et de magique, ton feu d'artifices avant la nuit et une étape lumineuse sur mon chemin.

La seule chose qui nous sépare encore Rose, c'est ce « non » : je ne veux plus l'entendre.

Ne te donne même pas la peine de me répondre. Quand tu liras ces mots, je serai en route pour te rejoindre.

Je t'embrasse ma douce,
Nathan

49.

Rose, mon amour,

À peine rentré, ma valise encore posée dans l'entrée, tu me manques déjà.

Les pièces de la maison me paraissent lugubres et vides. D'ailleurs ce n'est pas une maison, juste quatre murs de béton. Et le béton est un matériau mort, comme j'ai failli le devenir avant de te rencontrer. Je me suis réfugié dans le jardin pour t'écrire.

Sans ces quelques rendez-vous, je ne serais pas rentré. Je vais les expédier et revenir auprès de toi le plus vite possible. La prochaine fois que je dois me plier à de telles contraintes, je t'emmène avec moi.

Revoir ta photo m'a bouleversé. Tout était écrit dans cet instantané, les ombres et les lumières de nos chemins pour arriver jusqu'au jour de notre rencontre. C'est à la fois effrayant et magique.

Je voudrais savoir ce que tu fais à chaque instant. Me nourrir encore de chacun de tes gestes. Regarder la palette de tes émotions se mélanger au bout de mes doigts. Ton absence est une béance, elle m'aspire.

Je vais m'en échapper en me plongeant dans les livres que tu m'as prêtés. Ils ont l'odeur de ton monde.

Je t'aime ma douce,
Nathan

50.

Nathan,

Je te déteste d'être aussi soigneux ! Tu n'as rien oublié, pas un tee-shirt, pas un stylo, rien pour laisser une trace de ton passage. La prochaine fois, je fais ta valise, comme ça, je pourrai garder ce que je veux.

Je n'arrive pas à peindre, mes mains te cherchent. Ce matin le petit-déjeuner face à la place que tu occupais encore hier m'a coupé l'appétit. Ton fantôme est dans chaque pièce. Tu arranges les coussins du canapé différemment de moi, ne range pas la vaisselle dans les bons placards. Quand je cherche quelque chose qui n'est pas à sa place habituelle, je te revois évoluer dans ma maison. Là, c'est ton bol, la bouteille entamée où tu as enfoncé un bouchon de liège. Là, le savon que tu as fait mousser, là, le magazine feuilleté par tes doigts. Déjà j'ai repris l'habitude de dormir tournée vers le milieu du lit au lieu de m'emparer de tout l'espace.

J'ai hâte, reviens vite, je ne respire que dans la bulle étriquée de cette attente.

Et je veux te dire merci. Merci de t'être battu pour nous mener à ce point où nos existences se croisent. Merci d'avoir eu la force de nous faire avancer quand j'avais peur. Merci d'avoir eu le courage de forcer tous les carcans que je m'imposais, de nous donner une chance de réinventer nos vies.

Quand nous nous sommes rencontrés, je me croyais libre et te voyais enfermé dans une cellule que tu avais toi-même verrouillée. L'élève a dépassé le maître.

J'aime cette vie construite au fil des années, mais ce qui lui donne toute son ampleur, c'est toi.

Reviens vite.
Rose

51.

Nathan,

Tu perds déjà le fil si charmant de nos missives ! Tu ne me réponds pas, et moi je suis trop impatiente de te retrouver pour me taire jusqu'à ta prochaine lettre.

Je tourne en rond en comptant les heures, sans savoir quand tu reviendras. Alors j'empile d'un côté sans pouvoir enlever de l'autre. C'est un sablier cruel.

As-tu des soucis avec les démarches que tu devais accomplir ? Un problème familial ?

J'aurais dû venir avec toi, je n'aime pas ton absence, elle est trop vaste, je m'y perds. Réponds-moi vite.

Rose

52.

Je ne comprends pas, Nathan.

Je retourne notre histoire dans tous les sens et je ne comprends pas. Pourquoi n'ai-je pas droit à un simple mot ? Tu ne réponds même pas au téléphone.

Tous mes doutes remontent à la surface et m'explosent à la figure. T'es-tu moqué de moi ? As-tu obtenu ce que tu voulais avant de repartir libre ? As-tu finalement été déçu de notre rencontre ? Une fois chez toi, après cette première lettre écrite dans l'impulsion du retour, as-tu regretté ?

Non, je ne peux imaginer ça ! Tu ne peux me laisser volontairement dans ce silence, ignorant mes lettres sans même daigner envoyer un mot. Je refuse, c'est impossible. Ou alors, tu es le meilleur acteur que j'ai jamais vu. Ou moi la femme la plus idiote du monde d'avoir cru tous tes mensonges tellement j'en avais envie et besoin. Suis-je pathétique à ce point ?

Quand je ferme les yeux, je revis les jours que nous avons partagés ensemble. Cette étincelle dans ton regard est impossible à imiter. Les vibrations de ton souffle dans mes bras ne peuvent pas s'inventer quand on ne les ressent pas.

Oh Nathan, réponds-moi, je vais devenir folle !

T'est-il arrivé quelque chose ? Es-tu blessé, ou pire ? Je passe mon temps à regarder sur Internet à la recherche d'une trace de toi, d'une explication.

Je n'existe pas dans ta vie, ne représente rien pour tes proches. Si tu as eu un accident, personne ne me préviendra.

Pitié Nathan, juste un mot.

53.

Ma douce,

Je ne sais pas si j'aurai assez de pardons pour t'avoir fait subir ce silence. Je t'aime tant, c'est la première chose à savoir, et chacune des émotions partagées étaient exactement telles que tu les as ressenties. Rien n'a changé dans mon cœur.

Rose, comme je voudrais t'avoir près de moi ! Je ne sais pas te mentir, c'est la seule cause de mon mutisme. Te répondre, c'est déjà mourir un peu, laisser la réalité s'installer dans nos vies.

Je reviens d'une énième visite chez le médecin. Je voudrais t'emmener à Istanbul, le velouté de tes pétales dans le cœur. Les épices, le soleil, le charme des yeux orientaux, la beauté de leur art auraient réchauffé ton âme en attendant la chaleur de mes bras.

Mais je reviens de chez le médecin, et je pleure à chaque mot que je trace. Je suis lâche. Je devrais t'appeler, te parler, je n'y arrive pas. J'ai décroché et raccroché cent fois ce foutu téléphone. Des analyses lui avaient mis la puce à l'oreille, il a voulu des examens complémentaires.

Je comprends maintenant d'où me venait ce sentiment d'urgence, ce n'était pas de la force. J'avais conscience de te bousculer, mais c'était irrépressible, j'étais incapable de freiner. Mon corps savait déjà et me poussait à vivre dans l'instant. Je suis malade, Rose, il me reste quelques mois à vivre, je ne sais pas combien, simplement que c'est peu.

Ce n'est pas juste Rose ! Je devrais avoir encore devant moi tout l'espace nécessaire pour me tromper, avancer de travers et essayer de nouveaux chemins. Avoir le temps de chercher, en moi, autour de moi le sens et le but de cette vie dans laquelle on nous plonge sans mode d'emploi, avec comme seule arme cette furieuse envie de vivre.

Rose, comment c'est possible ? Pourquoi moi, maintenant, face à toi qui l'a déjà vécu ? Je ne veux pas ! J'ai tout cassé dans cette foutue baraque, les assiettes, les verres, les vitres, les chaises, les étagères, tout, je peux tout détruire, de toute façon je vais disparaître ! Mon corps m'enferme derrière des barreaux dont je ne peux m'échapper, j'étouffe Rose !

Des enfants, tu te souciais que je puisse avoir des enfants ! Mais je n'aurai même pas le temps de le voir naître, mon petit qui n'existera jamais !

À quoi ça rime d'attendre la mort, prêt à être cueilli comme un fruit trop mûr ? Autant partir tout de suite, être celui qui décide au moins une fois dans ma vie, et ne pas te faire revivre ça. Tu l'as déjà traversé, et cela t'a tant meurtrie. Cette fois tu n'auras pas trente-cinq ans pour guérir.

Je n'ai plus rien à perdre, plus de peur à avoir, plus de raison de retenir ce qui vibre en moi. Je t'aime Rose, pourquoi ai-je si longtemps retenu l'envol de ces mots ? Je voudrais te l'avoir clamé dès le premier frémissement. Même si c'est trop tard, c'est la seule chose qui tienne encore debout dans mon existence.

C'est mon tour de te protéger ma douce. Je déteste cette idée, mais tu dois rappeler Simon. Dis-lui de revenir près de toi.

Je ne veux pas que tu restes seule.

Nathan

54.

Nathan, je t'interdis de faire quoi que ce soit d'irréversible ! Je t'en supplie, ne provoque pas ce qui arrive déjà trop vite. Quelques mois peuvent être si denses, si riches, ne nous les enlève pas ! Continue à démolir ta maison, mais préserve-toi. Je viens, ma lettre n'est qu'un pont pour franchir les heures jusqu'à mon arrivée. Je suis terrifiée de te savoir seul. Où est ta mère ? Tes sœurs ? Appelle-les Nathan.

Ne pars pas maintenant. Tu as encore tant à perdre ! Chacune des secondes des heures de chaque journée des mois qu'il te reste à vivre. Reste pour les transformer avec moi.

Je l'ai déjà vécu, c'est vrai. Et je sais quel en est le prix. Vivre chaque instant présent sans tenir compte de l'avenir. Vivre comme si tu n'étais pas sur le point de m'être arraché. Je l'ai déjà traversé une fois ce tunnel, je sais ce qu'il coûte.

Mais c'est mon tour d'être assez grande et de savoir si je suis prête à accepter ce sacrifice ou non. Tu seras mon dernier choix. Je t'interdis de partir et de me laisser comme ça ! Je ne rappellerai pas Simon, jamais ! Il serait incapable de combler ton absence. Et à mon âge ce n'est pas grave, si je n'ai pas le temps de guérir. Je continuerai comme ça, blessée, jusqu'à ce que mon tour vienne.

Tu ne bouges pas une oreille avant mon arrivée !

55.

Rose,

Tu trouveras cette lettre clouée à la porte en arrivant, je suis à l'hôpital. Tu entres, j'ai tout laissé ouvert, et tu t'installes.

Alors finalement, c'est toi qui te suicides ? Tu le sais, tu ne te relèveras pas une deuxième fois. Mais je ne te ferai pas changer d'avis, hein ?

D'accord, je t'attends. Nous allons passer ces quelques mois à nous aimer, Rose, mais pas de part et d'autre d'une perfusion. Ma mère et mes sœurs veulent me voir ficelé sur un lit, je refuse cette fin. Ils me donneront le traitement de leur choix, mais à emporter. Nous allons empaqueter mes affaires et les expédier chez toi. Comme j'ai tout saccagé, ce sera rapide, mais il faudra prévoir de la place pour notre table, elle mesure deux mètres de long. Ensuite, nous allons passer les mois qui restent à nous aimer, Rose. Nous aimer jusqu'à la fin, nous aimer comme si nous avions 20 ans et toute la vie devant nous.

Prépare tes valises, ma douce. Ras-le-bol des regrets infinis, nous partons en Inde, et nous y resterons aussi longtemps que nous le souhaiterons.

J'ai tellement besoin de te serrer dans mes bras, au point que ça me brûle, Rose.

Je t'aime,
Nathan

PS : Ça fait vachement mal un tatouage ! Mais je t'ai maintenant lovée dans le cœur et gravée sur ma peau.

56.

Mes fils chéris,

Je vous donne trop peu de mes nouvelles, alors je profite d'une petite sieste de Nathan pour vous écrire. Je vous l'ai dit dans mes quelques mails, l'Inde du Sud est exactement telle que je la rêvais. Elle me prend par les tripes, me retourne dans tous les sens, me laissant avec le sentiment d'être exactement là où je dois être. Il faut faire ce voyage mes amours, vous allez adorer ! Ici, rien n'est pareil. La mer n'a pas la même couleur, le vent emporte une odeur différente, la terre résonne autrement sous la plante de mes pieds. Sam, les photos que tu ferais ! Il n'y a que le temps, qui passe trop vite quand le bonheur nous enveloppe.

Nous avons fait une promenade à dos d'éléphant, un vrai conte de fées : Nathan était beau comme un maharaja. Nous sommes devenus experts dans l'art de former des boulettes de nourriture de la seule main droite avant de l'enfourner et de se lécher les doigts. Nous avons exploré en bateau les méandres du Kerala, j'ai vu un tigre, promis juré (Nathan ne veut pas me croire, mais c'est parce que j'ai une bien meilleure vue que lui, ça l'agace). Nous avons visité plus de temples que tu ne pourrais en compter, Max. Je vous expédie mes dernières toiles, elles sont pleines de soleil. Nathan y joint ses sculptures. Enfin, une partie, car les villageois en ont gardé pour leur temple tant ils les aiment.

Les enfants, ils sont partout ! Ils grimpent sur nos genoux, nous suivent dans nos promenades, piochent dans mes tubes de peinture... s'endorment dans nos bras.

Arthur, tu serais heureux ici, il y a tant de choses différentes par rapport à chez nous ! Les femmes nous font des massages des pieds (comment un rituel aussi simple peut-il être aussi divin ?). À force d'être huilés, massés et peignés, mes cheveux n'ont jamais été aussi beaux. Quelle chance de les avoir gardés longs !

Je ne sais pas comment vous raconter ce que je vis. Mon cœur, mon corps vont exploser tellement ils sont assaillis d'émotions. J'ai l'impression d'être redevenue une enfant. L'Inde me prend dans ses bras, sature mes sens, dans une félicité et une plénitude que je n'avais jusqu'alors connues qu'en vous serrant contre moi.

Vous vous souvenez, à la mort de votre père, quand nous faisions « les chiots » parce qu'on avait trop mal ? On se serrait tous les quatre l'un contre l'autre dans mon lit, emmêlés au point de former une boule, absents au monde, concentrés sur le seul bruit de nos respirations, la chaleur de nos corps, à l'abri de tout. Cette espèce de fusion nous guérissait un peu, nous permettait de reprendre notre souffle. Ici, je ressens cette fusion à chaque instant. L'impression d'appartenir à un tout plus grand qui m'enveloppe.

C'est l'Inde, mais pas seulement. C'est l'Inde et Nathan.

Je passe mes journées pieds nus, c'est tellement bon ! Comme si en abandonnant mes chaussures, j'avais enlevé des œillères et pouvais sentir chaque battement de cœur de la Terre elle-même. Marcher pieds nus peut paraître un détail, mais cela me donne le sentiment d'être enfin moi-même, d'avoir jeté mes masques au feu.

Je suis désolée de la pauvreté de mes mots. Des pieds nus, des anecdotes, voilà tout ce que j'ai à vous donner pour tenter de vous faire comprendre cette plénitude. Des détails, égrenés l'un après l'autre, comme les couleurs sur ma palette, des touches de pinceau sur une toile, jusqu'à créer une image qui ait un sens.

Oh mes enfants, vous me manquez. Votre belle tribu aussi, mais Dieu que je suis heureuse !

Je vous embrasse tendrement mes petits,
Maman

57.

Ma chère Élisabeth,

Quel plaisir de t'avoir revue l'autre jour ! Cela m'a fait tellement plaisir que tu fasses enfin la connaissance de Nathan.

Nous avons vécu dans une maison de fous pendant une semaine. Les garçons ont débarqué avec femmes et enfants, et chaque instant fut un pur bonheur. Tu aurais vu la maison ! On aurait dit un campement en pleine crise humanitaire, avec des matelas posés partout, les sacs des uns qui se mélangeaient à ceux des autres, et on a retrouvé des Lego jusque dans le lave-vaisselle ! Mes belles-filles ont été aussi adorables et attentionnées que d'habitude. Arthur a ajusté le traitement de Nathan. Samuel a passé son temps à tous nous mitrailler.

Maxime a enfin trouvé son maître aux échecs, Nathan l'a battu plusieurs fois, nous avons arrosé ça dignement. Et les enfants... ma foi, ils ont eu l'impression de passer une semaine au paradis, je pense. Je n'ai plus de voix à force de leur lire des histoires, Nathan n'a plus de dos tant il les a portés. Penses-tu s'ils étaient heureux, tout ce monde aux petits soins pour eux !

Le soir de leur départ la maison était si... vide ! Et la table de Nathan était si grande tout à coup, alors qu'un peu plus tôt elle suffisait à peine pour nous tous !

Mais nous sommes heureux d'être à nouveau seuls. Nous avons tant à nous dire, tant à nous donner.

Il nous reste très peu de temps. Ses forces déclinent rapidement maintenant, il n'a plus besoin de ralentir son pas pour l'ajuster au mien. Mais il fait un tel froid dehors, nous restons blottis devant la cheminée, alors qu'importe.

Je suis heureuse que tout cela ait finalement mené à vous réunir, Simon et toi. Ta visite était un adieu, je le sais. Dans votre bonheur, me pardonnez-vous d'avoir été involontairement l'écran qui vous a aveuglés toutes ces années ?

Merci de cette amitié dont vous m'avez entourée depuis l'enfance. Merci d'avoir été des compagnons de route si loyaux et généreux. Pour chacun de nos fous rires, chacune de nos disputes, chacun des espoirs et désespoirs que nous avons partagés.

Gardez votre porte ouverte pour mes garçons, c'est ma seule prière. Prenez soin de vous, mes amis,

Avec toute mon affection,
Rose

58.

Ma douce,

Tu t'es endormie au coin du feu et je regarde la chaleur des flammes danser sur ta peau. J'ai encore tant de choses à vivre avec toi, mais je n'ai plus de forces. Mes lignes tremblent, ma main s'épuise mais je veux aller jusqu'au bout de cette lettre, même si je dois passer la journée de demain à dormir dans tes bras pour récupérer.

Ma tête est hantée par une ronde de « si seulement ». Je ne veillerais pas sur ton sommeil, je casserais toute la vaisselle de la cuisine, de la maison, de la ville. Si seulement j'étais né plus tôt, si seulement je t'avais connue plus tôt, cette vie que nous aurions inventée tous les deux ! Nous aurions fait le tour du monde, en avion ou dans les livres, empêtrés dans une ribambelle d'enfants lubiesques. Oh oui, j'aurais tant voulu avoir un enfant avec toi, voir ton ventre se gonfler et bouger sous ma main, le regarder grandir à tes côtés. Aujourd'hui, je t'écrirais les cheveux blancs et le cœur repu d'amour. Et même s'il m'avait été donné de vivre seulement quelques années à tes côtés, même avec ces 35 ans d'écart, cela aurait suffi à me combler.

Nous avons mis toutes nos forces à démultiplier chaque heure, mais je me sens dépossédé.

C'est hier seulement que tu m'as ouvert ta porte, tu t'en souviens ? Nous sommes restés figés pendant une éternité, avec nos yeux qui se croisaient, nos corps partageant *enfin* le même espace. Ô mon dieu, ce moment indicible où j'ai avancé ma main pour te frôler ! La douceur de ta joue sous mes doigts, la caresse de tes cheveux dans mon cou, ta chaleur tout contre moi. Après toute cette attente, te tenir serrée dans mes bras. À l'instant précis de ce premier baiser, ma vie a basculé, a enfin pris un sens. Tout ce que j'avais pu vivre, connaître, aimer, goûter, ressentir… tout ça n'a existé que pour me mener à toi, mon amour.

Moi qui croyais qu'un homme se construit tout seul, que l'amour n'est qu'une partie de sa vie, à l'heure où tout va s'arrêter, je le sais aujourd'hui : c'est faux. Tu as fait entrer l'amour dans ma vie comme le premier souffle d'un enfant venant au monde.

Alors si, tu te trompais : le bonheur est quelque chose qui tombe tout cuit dans le bec quand on a la chance d'être au bon endroit au bon moment. J'ai été avec toi pendant ce qui me restait de vie, comme je l'ai voulu. Durant ces mois, j'ai compris le sens du mot « bonheur ».

Laisse s'envoler la révolte qui t'agite quand tu crois que je regarde ailleurs. Ne la laisse pas colorer de rouge la fin de ta vie. Apaise-toi, enveloppe-toi dans notre amour.

Je suis trop jeune pour mourir ? Allons, ma petite infirmière qui a accompagné tant d'agonies ne peut être aussi naïve. Je n'ai jamais eu d'enfants ? Si, j'ai eu trois fils : tu les as jetés dans mes bras et ils ont décidé d'y rester. Ils se sont confiés à moi, m'ont écouté ; ils m'ont demandé des conseils, piqué des colères, soutenu mon corps fatigué, assis leurs enfants sur mes genoux. Et tous les quatre, nous avons partagé de sacrés fous rires. Il y a tant de choses que je n'ai pas eu le temps de découvrir et de voir ? Avant toi j'ai exploré l'ennui et la solitude, qui ma foi peuvent se révéler assez instructifs. J'ai aimé mon travail pendant un temps, m'occuper de mon jardin toujours, et adoré apprivoiser le bois. J'ai fait des voyages merveilleux à travers le monde entier, et le plus beau de tous est celui que j'ai fait au creux de ton cœur.

Je t'ai aimée au petit matin, quand mes caresses te tiraient du sommeil, dans les heures moites de l'après-midi à l'ombre des volets, dans le secret étoilé de la nuit. Je t'ai vue alanguie au soleil, et les joues rouges les pieds dans la neige.

Nous avons roulé dans l'herbe et bâti des châteaux de sable comme des enfants. Nous nous sommes dévorés des yeux, nous promenant main dans la main avec toute la passion des adolescents. Nous avons vécu ensemble le quotidien des jeunes couples qui s'installent, tu as poussé tes affaires pour me libérer des tiroirs, déménagé tes meubles et accueilli les objets qui m'accompagnaient. Nous avons erré la nuit, hébétés, débraillés et le cheveu en bataille, avec un tout petit hurlant dans les bras. Nous avons partagé le bonheur et la fierté des enfants devenus grands, beaux et solides, entourés de leur petite famille. Nous avons soupiré de plaisir en les voyant repartir pour nous rendre à notre quiétude, marchant à petits pas prudents et réchauffant nos os devant la cheminée.

Nous avons fait le chemin en courant, c'est vrai. J'aurais préféré pouvoir flâner tranquillement et prendre tout mon temps, mais au moins ai-je goûté à tout.

La vie n'est pas si injuste, c'est nous qui en voulons toujours plus. Avec toi, j'ai fait le tour des cycles, celui des heures, des saisons et des âges de la vie.

La seule colère qu'il me reste aujourd'hui, c'est d'entendre ton rire s'éteindre à chaque nouvelle étape de mon déclin. J'ai l'impression de te voir commencer à rassembler tes affaires, faire un inventaire à la Prévert de ce que tu ne dois surtout pas oublier.

Arrête de préparer tes valises, Rose. Toi, <u>tu restes</u>.

Tu as encore de belles années devant toi. Tu vas les passer à réunir tes fils et leurs familles autour de notre table. Ne rate pas les premiers cheveux blancs de tes enfants, ou leur première paire de lunettes ; ne te prive pas des premières amours et des premiers diplômes de tes petits-enfants. Il te reste tant de tableaux à peindre.

Je ne t'emmène pas avec moi, pas cette fois-ci ma chérie. Je veux que tu te battes encore un peu. Respire profondément et calmement, cela fera de moins en moins mal. Cela redeviendra supportable, et je te promets encore plein de belles journées. Ne me rends pas coupable de t'avoir enlevée à ta famille, ne fais pas de moi l'assassin de la femme que j'aime. S'il existe quelque chose après, ne t'avise pas d'arriver sur mes pas, ou ce sera mon tour de te botter les fesses jusqu'à ce que tu ne puisses plus t'asseoir.

Oublie ta fatigue et tes larmes, tu auras bien le temps de te reposer et de pleurer quand ce sera ton tour de mourir. Je ne te laisse pas seule dans le silence de mon absence. La maison est remplie de mes affaires, de mon odeur, du bruit de ma voix, de nos chuchotements et de nos rires. Ton cœur déborde de mon amour, des mille petits gestes que nous avons eus l'un envers l'autre, ta peau est imbibée de mes caresses. Et j'ai rempli les grands placards du couloir de centaines d'assiettes.

Le concept d'âme sœur, l'idée d'avoir besoin de l'autre pour être entier, je n'y ai jamais cru. Et pourtant, toute ma vie se résume à ça.

Je t'ai trouvée.

Je t'aime
Nathan

59.

Maxime, Arthur et Samuel,

Nous y sommes cette fois. Il me reste très peu de forces, alors je serai bref, mais je ne voulais pas partir sans rien vous dire.

Merci de ne pas m'avoir regardé de travers quand j'embrassais votre mère alors que nous aurions pu être frères. De me l'avoir accordée avec le sourire, malgré nos premiers affrontements, Maxime.

Quand vous avez su la fin proche, vous auriez pu élever un mur entre nous et m'empêcher de partager ces derniers mois avec elle. Pour la protéger, l'empêcher de me donner tout ce qui lui restait et vous en priver du même coup. J'ai l'impression de vous avoir volés.

C'est étrange. Par nos âges, nous avons été des amis, comme des frères. Mais parfois, je me suis senti avec vous comme un père avec ses fils. Merci de ce bonheur.

J'ai fait mon possible, mais elle ne va pas m'écouter. J'emporte avec moi ses dernières forces, ses derniers rires, je vous en demande pardon.

Puissiez-vous ne pas me détester quand elle vous dira qu'elle est trop fatiguée pour continuer.

Nathan

60.

Mes fils chéris,

Vous êtes tous les trois là, autour de moi. Mille fois merci de votre présence et de votre amour. Les câlins que vous me faites, vos bisous, c'est tout ce que j'ai pour apaiser ma douleur. Vous aviez de l'affection pour Nathan. Cela rend ma solitude à la fois plus douce et plus lourde. Je me sens coupable de cette rencontre, elle vous blesse aujourd'hui.

Merci de cet amour inconditionnel pour votre impossible mère, d'avoir accueilli Nathan malgré vos réticences.

Quand le temps d'une vie s'achève, il y a peu de choses réellement importantes à dire. La fin met en lumière l'essentiel du chemin : je vous aime.

Je suis tellement fière des hommes que vous êtes devenus, si pleins d'amour et de passion, le cœur toujours ouvert au monde et aux autres. Enfants, vous étiez de vrais petits démons, il y a eu des jours où vous me rendiez folle. Je n'allais vous chercher à l'école qu'en regardant mes chaussures, certaine à l'avance qu'au moins l'une de vos trois maîtresses me lancerait son fameux « Nous devons parler de votre fils, Madame. » Et les voisins, qui me fusillaient du regard, jusqu'à ce que je puisse nous offrir cette maison ! Vos chahuts, jeux et bagarres de garçons tapageurs ont pu se défouler à loisirs, sans leur donner l'impression que le plafond s'écroulait sur leurs têtes !

Même alors, vous avez toujours fait ma fierté et ma force. Aucun mot ne pourra vous dire à quel point je vous aime tous les trois. Mais vous comprenez, le ressentez, là, quelque part au fond de votre ventre. Je le sais, je le sens, à chaque regard que vous posez sur vos enfants.

Remerciez chacune de vos femmes de ma part, de tous ces moments de bonheur et de tendresse qu'elles m'ont offerts, de la confiance qu'elles m'ont accordée, de nos papotages complices. Leur amour pour vous me rassure tant !

Mes petits-enfants m'ont rendue heureuse. J'ai aimé retrouver les chahuts du passé et découvrir l'univers des petites filles, tenir leurs menottes potelées dans mes mains et recevoir toutes leurs confidences. Dites-leur à quel point simplement les serrer dans mes bras a été un bonheur infini.

J'ai en vous tous une foi inébranlable : vous continuerez à être, tous autant que vous êtes, des hommes et des femmes de bien, des hommes et des femmes de cœur.

J'aurai finalement mis trente ans à guérir de la mort de votre père. Vous avez trouvé ces années aussi longues que moi, vous auriez mérité d'avoir un beau-père pour guider vos pas adolescents, ou vous rassurer sur mon bien-être quand vous avez quitté le nid. Je ne l'ai pas trouvé.

Mais la vie m'a fait le cadeau inattendu et somptueux de ce merveilleux été indien avec Nathan. Soyez en paix. La tendresse de ses bras a effacé toutes mes nuits solitaires. La force de son amour a emporté ces heures où mon cœur battait seul. Grâce à lui, je n'ai plus aucun regret. J'ai connu une nouvelle fois ce bonheur indicible d'aimer et d'être aimée, avec un homme délicat, généreux et attentionné. Je dois vous remercier de ne pas avoir terni ma renaissance par des froncements de sourcils désapprobateurs, de l'avoir au contraire amplifié et de lui avoir tant donné, à lui aussi. C'était encore plus dur pour toi, Max. Merci.

Je n'ai pas été une maman classique, je crois. J'ai fait de mon mieux. Je voudrais rester près de vous. Vous regarder grandir et vieillir. Rire avec vous, pleurer avec vous. Être là, tout simplement. Vous êtes mes racines et mes ailes.

Mais je n'ai plus de force, mes petits. C'est aujourd'hui l'hiver de ma vie et il y fait trop froid. J'y entre prête, apaisée, et riche de tout cet amour reçu, durant toute ma vie de vous, durant ces derniers mois de Nathan. Il m'enveloppe et me réconforte. Mais j'ai froid, si froid depuis que Nathan n'est plus. Je crois que l'âge de mes cellules me rattrape : je suis devenue une vieille dame. Je ressens enfin pour de bon ce dont parlait Simon. Je suis fatiguée, et maintenant, j'aimerais me reposer.

Je vous demande pardon. Pardon pour ce chagrin qui va venir ternir vos journées. Ça fait si mal, de perdre une maman. C'est peut-être la première grosse blessure irrémédiable dans une vie, avec cette douleur supplémentaire : je ne serai plus là pour vous consoler et vous bercer. Quoique Simon ait veillé sur vous de son mieux, vous avez déjà dû apprendre à vivre sans la protection d'un père ; voilà maintenant cette nouvelle épreuve.

Pourtant, je suis confiante, car chacun de vous a deux frères pour le soutenir, en plus des solides familles que vous avez fondées à votre tour. Vous êtes une fratrie, je vous laisse ce présent, cette force immense qui vous porte et remplacera la tendresse de mes bras. Et puis la lumière d'une étoile nous parvient longtemps après s'être éteinte. Mon amour continue de vous accompagner à chaque pas, n'en doutez jamais.

Maxime, mon féroce petit garçon. Veille bien à nourrir ta cervelle de tout le savoir du monde, sinon tu tournes à vide et tu te perds. Continue la boxe si tu veux, mais n'oublie jamais que la colère n'est qu'un bouclier. Alors baisse ta garde aussi souvent que possible pour laisser entrer le monde dans ton cœur d'artichaut.
Je t'aime.

Arthur, mon doux dingue. Prends soin de tes folies. La vie va s'escrimer à t'assagir, user ta fantaisie par les soucis et les chagrins. Ne la laisse pas faire. Tu as un grain, c'est certain, mais il est si précieux. Il sème de la magie partout où tu passes. Reste ce magicien.
Je t'aime.

Sam, mon tout petit devenu si grand. Tu as cette empathie qui te fait accueillir le monde entier dans ton cœur. Cultive-la. Elle est si belle, le seul remède au mal. Mais préserve-toi, pour toi-même et pour ceux que tu aimes. Pour continuer à créer, aussi, car l'âme de tes photos touche en plein cœur et brise les solitudes. Pleure ma mort, puis reprends ta vie en apprivoisant les petits bonheurs. Tu es un passeur de lumière.

Je t'aime.

Je vous confie comme chaque fois à Lisbeth et Simon. Vous serez en sécurité auprès d'eux. Continuez à prendre soin de mes amis comme vous l'avez toujours fait.

La nuit est tombée depuis longtemps, et le feu va bientôt s'éteindre dans la cheminée. J'ai fait le tour de la maison en chassant tous les monstres de vos rêves, remontant les couettes qui avaient glissé, veillant sur votre sommeil. Je vous ai tous embrassés une dernière fois.

Ce n'est pas la plus longue de mes lettres, mais combien de mots faut-il pour dire qu'on aime ? Je vous le répète sans me lasser depuis quarante ans.

Je suis épuisée maintenant, je vais aller me coucher mes enfants.

Je vous aime de tout mon cœur mes petits,
Maman

61.

Chère Lisbeth, Simon

Nous avons besoin de vous. Il est temps de revenir, puisqu'elle est partie.

Maman s'est éteinte cette nuit, alors que nous dormions tous chez elle. Au matin, nous avons trouvé une lettre posée sur son bureau, maman allongée dans son lit, emmitouflée dans l'un des pulls de Nathan. C'était trop, même pour elle, et nous le savions. On s'y attendait, à la voir baisser les bras. Mais nous n'étions pas préparés à ce que cela soit aussi rapide. On ne l'est jamais, n'est-ce pas ? Une mère part toujours trop tôt, toujours.

Elle est allée se coucher et son cœur s'est arrêté de battre. Elle serrait dans ses bras ce fichu coffret orné de fleurs que Nathan lui avait offert, avec dedans toutes leurs lettres, et des photos de nous. Elle l'aura attendu pendant trente longues années, et aujourd'hui c'est tout ce qui reste de leur bonheur, quelques mots au milieu des fleurs.

Nous avons mal, si mal ! Lisbeth, comment peut-on vivre sans elle ? Ce n'est pas juste, tellement pas juste ! Deux fois elle a aimé, et deux fois ils lui ont été arrachés ! Pourquoi la détruire encore une fois et nous la prendre si tôt ?

Simon, arrête de bouder et viens lui rendre hommage, c'est le moins que tu puisses faire. Te voilà vengé, elle nous a tous perdus. Et tu aurais pu prendre conscience de la valeur de Lisbeth trente ans plus tôt, n'en rejette pas la faute sur Maman.

Éteinte, c'est bien le mot, elle a emporté avec elle toutes les lumières du monde. Vois comme il pleut aujourd'hui Lisbeth. Les petits n'arrêtent pas de pleurer. Nous aussi. Nous allons tous avoir besoin de beaucoup de tartes aux pommes.

Lisbeth, Simon, il ne nous reste que vous. Vous n'allez pas nous laisser tomber hein ? Imaginez la colère qu'elle piquerait. Ou plutôt non, ses colères étaient des masques. Imaginez sa douleur.

Il ne reste pas une seule assiette dans toute la maison.

On vous attend,
Maxime, Arthur et Samuel

REMERCIEMENTS

Chers Rose et Nathan,

Je dois vous dire une chose : depuis votre départ, vous me manquez terriblement. J'ai adoré chacune des heures passées avec vous.

Rose, Maxime va bien. Ta mort l'a beaucoup sonné, il s'en relève un peu adouci. Arthur te parle à tout bout de champ, sous les étoiles, en cuisinant avec ses filles : je suis sûre que tu l'entends. Sam a eu du mal à retrouver le sourire, ses photos ont pleuré longtemps. Mais grâce à l'amour de sa femme, il réapprend peu à peu la douceur de vivre. Ils sont toujours aussi liés tous les trois, rassure-toi, ils ne sont pas près de se lâcher. Tes petits-enfants font toujours autant de bêtises, c'est signe de bonne santé. Par contre, les Lego prennent la poussière, tu claquerais un paquet de portes en découvrant le temps qu'ils passent le nez sur un écran. Tes cassages d'assiettes les arracheraient peut-être à leur monde virtuel.

Simon bougonne de plus en plus, mais Lisbeth aime l'écouter râler. Elle fait toutes les tartes aux pommes dont les garçons ont besoin.

De mon côté, ça va plutôt bien. Quand je vais me coucher, je monte dans la chambre de mes lutins, et je déverse des tonnes de « je t'aime » au milieu de leurs rêves. À la lumière du jour, c'est plus compliqué de leur dire, parce qu'ils m'en font voir de toutes les couleurs. Mais il y a beaucoup de bleu de ciel et de rose tendresse dans ces journées.

Vous savez quoi ? J'ai dû acheter pleins de mouchoirs à cause de vous. Marine et Aurélia m'ont envoyé la note ! Rose, ma mère et Grand Mamie pensent que tu leur as piqué un peu d'elles-mêmes. Mais comme depuis Grand Mamie t'a rejointe, je vous laisse discuter de ça toutes les deux (une larme d'eau gazeuse dans son whisky, s'il te plaît). Henri m'a encouragée à coller des timbres sur vos lettres : je lui envoie un colis plein de baisers débordant de gratitude. Z a demandé un tube de crème parce que vous aviez flingué son bronzage. Et puis Zab m'a mis les points sur les « i » et les barres aux « t », et puis... (et je fais exprès, elle râle quand je collectionne les « et »). Marie résume de très bon cœur, et elle le fait bien ! Mauve a fait une attaque de mauvicelle. Vincent continue à élever des garde-fous le long des falaises. Et Domi pense que quoi qu'il en soit, quand on a demandé un vélo, ben après faut pédaler. La pente est parfois raide, mais ERDF me remet la lumière à tous les étages.

Oh, il faut que je vous dise aussi ! J'ai trouvé la « moitié » dont tous les livres et les films parlent, que mon stylo cherchait. Il te ressemble un peu, d'ailleurs, Nathan. Il est aussi tendre, généreux et attentionné que toi. C'est mon Ours, et d'Amour à Zou, il est l'alphabet de mon cœur. Il est là, près de moi, à chaque pas de chacun de mes rêves. Je l'aime.

J'ai partagé vos lettres avec des lecteurs. J'espère qu'ils vous écriront pour vous dire s'ils ont été émus, touchés, agacés par votre histoire. Si vous leur manquez, à eux aussi, depuis votre départ. Ils sont importants pour moi, vous savez. Ce sont eux qui donnent du sens à mes histoires.

Nathan, Rose, je vous souhaite beaucoup de bonheur au milieu des étoiles. Là où il n'y a ni âge, ni maladie. Embrassez tous ceux que j'aime et qui vous ont précédés là-haut. Ils me manquent. Dites à mon père que chaque lutin me rappelle un peu de lui. L'un lit tout autant, l'autre a hérité de son coup de crayon, et le troisième a son regard. Dites-lui aussi que je suis heureuse, et que je fais de mon mieux, chaque jour, pour être droite dans mes bottes.

Je vous embrasse,
Emilie

<u>Pour écrire à Rose et Nathan, c'est ici :</u>

roseetnathan@gmail.com

Si vous avez besoin d'un intermédiaire, vous pouvez leur envoyer un message sur Facebook ou Instagram. Je leur transmettrai.

Emilie Riger Collins

Du même auteur

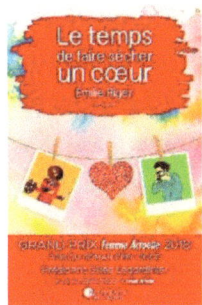

Le temps de faire sécher un cœur
*« Une magnifique histoire d'amour fraternel
pleine de poésie et de silences. »*
Prisma – LNA - Pocket mars 2020

Maux comptent triple
*« Nous étions inséprables » ... Et si
l'amitié devenait une prison ?*
100% numérique. Editions 12/21

Mission mojito
*Le road trip de quatre amies pour réparer
leurs blessures.
Une ode à l'amitié et aux femmes.*
Éditions H'Lab - Hachette

Le mur des Je t'aime
*Une œuvre d'art prend vie et devient
un personnage à part entière…
Suivi d'un dossier sur le Street art*
Éditions Voyel

En collaboration…

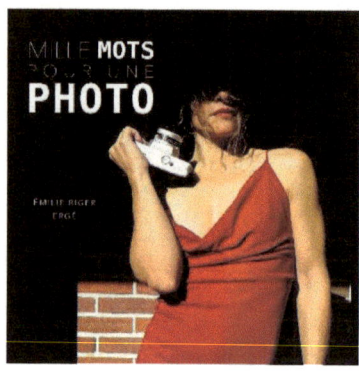

Mille mots pour une photo
Des histoires qui trempent leur plume dans les couleurs des photos.
Ergé – Emilie Riger

4 nouvelles autour d'un même thème…
4 auteurs pour découvrir 4 plumes !
Dominique Van Cotthem, Rosalie Lowie, Frank Leduc, Emilie Riger

Sous le nom de plume **Emilie Collins**

Des histoires où le fil conducteur est la rencontre entre deux êtres… dans des univers flamboyants !

Voyage
au Sri Lanka
100% numérique

Au cœur de la pâtisserie

Spin off des
Délices d'Eve
100% numérique

Au cœur de la
photo
**Photos d'Ergé
incluses dans le
roman !**

Un autre amour
à 50 ans !
100% numérique

Renaître après une
relation toxique